私の漱石

私の漱石

——『漱石全集』月報精選

岩波書店

ars
longa,
vita
brevis.

目次

V 同時代人と漱石

VI 作家の面影

Ⅶ　漱石全集と私たち

I

猫とロンドン

——前期小説

奥泉光「吾輩は『猫』を読む」……別巻（月報20）一九九六年二月
金井美恵子「「猫」散見」……第一巻（月報1）一九九三年十二月
田辺聖子「『猫』と私」……第七巻（月報7）一九九四年六月
村田喜代子「漱石実感」……第十九巻（月報18）一九九五年十一月
出口保夫「漱石とロンドンの女たち」……第二巻（月報2）一九九四年一月
富士川義之「接吻と裸体画」……第七巻（月報7）一九九四年六月

吾輩は『猫』を読む

奥泉　光

　吾輩が漱石氏の『猫』を始めて読んだのは小学校六年生の夏休みである。あんな六つかしい漢字許《ばか》り並んだ本が子供に読めるものかと、嗤ふ向きもあらうが、事実読んだのだから仕方が無い。だいいち是には動かぬ証拠もある。先日引つ越しの折り、押入の底をごそ〳〵やつてゐたら、『猫』の読書感想文が出てきた。見ればちやんと六年三組奥泉光と名前が書いてある。六年と云ふからには小学校に相違ない。同じ学校へ六年以上通つたのは小学校以外に覚えがない。大学も入るのに時間はかかつたけれど四年であつさり出た。

　夫《それ》で感想文には何と書いてあつたか。吾輩もこれで文筆家の末席を汚す者である。平成の文学界にあつて小説改造を鼓吹する作家のひとりである。従つて紹介は出来ない。詩才文才とは幼少にして早くも芽を吹く物だと云ふ。紫式部は齢《よわい》三つにして源氏物語五十四巻の構想を得たと云ふし、母親の腹中より飛び出した王維の泣き声は平仄に適つてゐたと語られる。である以上、吾輩とてそろ〳〵鬚も生えかけようかと云ふ年頃になつて文筆の才が発現してゐなかつた訳がない。さうでなければ道理に合はぬ。所が困つたことに、採点の教師は吾輩の作文に対して甚だ冷淡な批評を加へて居る事実がある。無論是は教師の不明を証するにすぎんとも考へられる、いや、屹度《きつと》さうに違ひないが、然《しか》し我が作文が一般に公表された場合、批評家諸氏を先頭に世人こぞつて教師の意見を支持する可能性が絶対にないとは云ひ切れない。さうなると吾輩の立場が失はれる。自ら進んで文名を貶める愚を犯す必要はなからう。

思へば吾輩が読んだ『猫』は旺文社の文庫本であつた。覚えて居られる読書人も多からうが、箱に入つた黄緑色の装丁は中々雅な趣があつた。然もあの本は同じ頁に注釈が付いて、子供が読むには大変便利であつた。無論注釈が旺文社の専売特許である筈《はず》もない。どこの会社の文庫本にも注釈はある。所が惜むらくは大抵本の後ろへ追ひやられて仕舞つて居る。こと怠惰と云ふ点に於ては人と猫は動物界の双璧である。そも〳〵字を読むのさへ面倒なところへもつてきて、読書の中途でいち〳〵別の頁を捲《めく》つて見る抔《など》は億劫で堪らない。稀に気が向いて捲つた場合でも、目当ての注を探し出すのが又大事業である。番号を求めてさん〴〵苛々した挙句、漸く見付けたと思つたら章が違つてゐたりする。是では苦沙弥先生ならずとも癇癪が起きて当然だ。そこへいくと同じ頁にある注釈は自然と眼に入るから有り難い。

例へば迷亭が得意の眼鏡を光らせながら「行徳の俎《まないた》」と云ふ。いづれ先生一流の洒落だらうとは思ふものの、何だかよく分からない。まあ、いいか、とやり過ごさうと考へるが、矢張り気持が悪いには悪い。吾輩はかう見えて元来神経質な質である。と、ひよいと横へ眼をずらせば、そこには「行徳の俎。千葉県の行徳では昔、馬鹿貝が沢山とれた。馬鹿ずれがしてゐること」と親切に書いてある。大いに読書が捗《はかど》る。理解が進む。近頃は件《くだん》の黄緑色を店先についぞ見かけぬが、絶版したなら是非とも再版して貰ひたい。其《それ》が無理なら、ここはひとつ読書界のリーダーを自認する岩波あたりが乗り出すのがよからうと思ふ。

斯う云ふ次第で吾輩は『猫』に親しんだのであるが、続く中学一、二、三年と、夏休み読書感想文の宿題には悉《ことごと》く『猫』を題材に選んで居る所を見ると、余程気に入つたものらしい。書くのが嫌さに毎年似たやうなことを並べて誤魔化したのだらうと疑ふ向きがあるかも知らんが、吾輩もこれを否定出来ない。とは云へ幾度も繙《ひもと》いた事丈は慥《たし》かである。何がそんなに面白かつたのか分らんが、大人になる迄に恐らく五十回は読んだらう。ひよつとすると百回を越えてゐるかも知らん。近年は記憶力が頓《とみ》に衰えて仕舞つたが、昔は少なからざる部分を暗唱さへして居つた。今でも「天璋院様の御佑筆の妹の御嫁に行つた先の御つかさんの甥の娘」位は軽く口をついて出てくる。つまり吾輩は日本語と云ふ言語を『猫』で以て学んだのである。

所が不思議にも自分が小説を書き始めて見ると、原稿用紙に記される文章は『猫』の其とは似ても似つかぬ代物であつた。別に『猫』に似なければならんと云ふ決りはないから、当初は別段気にも留めずに居つたのだが、やがて少しく反省意識が芽生えて見れば、吾輩は小説を書くにあたつて、「文章」を書かうとは全然思はず、只「小説」を書かうと努力してゐた事実に想到した。どうやら「小説」を書かうとすれば文章は自然と『猫』から離れていくもののやうであつた。

小説とは何をどんな風に書いても許される自由なジャンルであると云ふが、是は真つ赤な嘘である。嘘が云ひ過ぎとすれば、実情を無視した画餅の類にすぎぬ。小説が小説である為には、或る特定の文章の型を踏襲する必要が生じる。其は多分「自然主義文学」と総称しうる感性を支へる文章の型であらうと推察されるが、此引力圏から外れて日本語の小説を書くことは存外六つかしい。嫌だと駄々をこねても許されない。関係ないと嘯《うそぶ》いても駄目である。無理して外れようとすれば、全体にリアリチーが薄く、通俗感が漂ふのを避けられない。曾《かつ》て久米正雄氏が「バルザックもドストエフスキーも偉大は偉大だが、何だか通俗で読めない」と正直に告白したのは此事に係はる。バルザックもドストエフスキーも「自然主義」とは何の関係もないから、さうなるのも当然である。勿論久米氏は両大家の作品を日本語で読んだに違ひない。

小説のリアリチーとは、何をリアルと感じるかと云ふ感性の型によつて定まる。我が近代文学は「自然主義」と云ふ型に嵌まつた文章をリアルとしてきたのである。其が証拠に『猫』は面白いと云はれはしても、決してリアリチーがあるとは評価されない。

吾輩が観ずるところでは、「自然主義」的感性こそは作家をして狭隘なる暗所に閉じ込める檻其物である。創造の自由を抑圧する拘束衣である。日本語で書く現代作家は誰も檻からの脱出を夢見て努力を重ねてゐる。解放を求めて悪戦苦闘してゐる。

斯く云ふ吾輩も亦《また》其列に連なるわけだが、ここに於て『猫』が俄《にわか》に光彩を帯びて眼に映じるのである。

『猫』には小説と文章の関係を、小説のリアリチーを、或いは小説の出自を考察する為の契機が溢れてゐる。大いなる自由への鍵が隠されてゐる。

斯くして吾輩は『猫』を読む。

（おくいずみ ひかる／作家）

「猫」散見

金井美恵子

「吾輩が猫であるのは、もっぱらとりあえずのことにすぎない」(蓮實重彦『夏目漱石論』)。

とりあえず猫であるのにすぎない猫について、それが猫的でないという文句をつけてもしかたがないのは承知しているものの、その本を読む気になったのは、むろん、タイトルにひきつけられたからだった。東映の時代劇映画を毎週欠かさず――大映、東宝、松竹は隔週くらいの頻度で――見ていた子供にとっては、「拙者」とか「それがし」「余」「みども」「まろ」「わらわ」「わがはい」といった古風な自称語というものは案外耳慣れた親しいものだったし、「猫」はそれ以上に親しいものはいないくらいに身近なものだったから、『吾輩は猫である』という子供心にもアピールするタイトルには好奇心がそそられずにはいられなかったはずで、オレンジ色なのか赤味がかった茶色なのか、それとも朱色なのか、すっかり変色してしまっているので元の色が分明でない布装の漱石全集の一冊を読むことになったのだろう。『坊っちゃん』などは中とじの糸も切れかかっていたし、『明暗』は表紙がとれていたのは、母のきょうだい達が繰りかえし読んだせいに違いない。他人の家に泊ることになり客間にO・ヘンリー全集が置いてあったりすると、その家の知的水準というものが自らわかる、という意味のことをヘンリー・ミラーは『わが読書』のなかで書いていたが、O・ヘンリーの『赤酋長の身代金』を小津安二郎とハワード・ホークスが映画化しているという事実はさておくとして、大正から昭和の初期の家庭では、どんな家にでも一そろいの漱石全集があったはずで、子供の頃遊びに行った友達の家にも、かならず漱石全集の一そろいはなくとも端本《はほん》の二、三冊は本箱に収っていて、それを考えると漱石の顔が千円札の図柄におさまるのは当然のことだったろうと思えるのだ。

　漱石全集の一そろい（か端本）は、ミラーのような小説家に知的水準の低さを見破られずにすむ、という意味でも家に置いておけば今日でも充分役に立つはずである。

「猫」の物語などではない『吾輩は猫である』が、小学校高学年の子供にも結構退屈しないで読めたのは、わからない部分は飛ばし読みをしたからに決っているのだが、今読み返してみてもわからないところがあり、それは松の木に登った吾輩が木から降りる方法について語るくだりである。

　気取り屋の吾輩だから、木から「降りる」ことと「落ちる」ことは「ち」と「り」の差にすぎないなどと理屈をこねるのだが、その後がさらに小癪にさわることには、「吾輩の爪は前《ぜん》申す通り皆後ろ向き（引用者註・ようするに鉤状に先端が内側に曲っているということ）であるから、もし頭を上にして爪を立てればこの爪の力は悉《ことごと》く、落ちる勢に逆つて利用出来る訳である。従つて落ちるが変じて降りるになる。実に見易き道理である」と言うのだ。猫が木から降りるのには二方あり、「さかさになつて頭を地面へ向けて下りてくる」のと「上ぼつた儘《まま》の姿勢をくづさずに尾を下にして降る」のとがあるのだが「人間の浅墓な了見では、どうせ降りるのだから下向に馳け下りる方が楽だと思ふだらう」と、吾輩は推測する、ところが「身を逆《さか》にして義経流に松の木越をやつて見給へ。爪はあつても役には立たん。づる〳〵滑《すべ》つて、どこにも自分の体量を持ち答へる事は出来なくなる。是に於てか折角降り様と企てた者が変化して落ちる事になる。此通り鵯越《ひよどりごえ》は六づかしい。猫のうちで此芸が出来る者は恐らく吾輩のみであらう」と、この猫は自惚れるのであるが、木に登って降りられなくなってしまい、救いを求めてニャーニャー鳴き喚めく小猫や、木に登ろうとして脚の筋力が未発達のためにズルズルすべり落ちる小猫はたくさん見たけれど、「さかさになつて頭を地面へ向けて」下りない猫などというものは見たこともないし、木からさかさになって降りる時、猫は「爪」を利用しないということが吾輩にはわかっていないようなのだ。

　山田風太郎は『半身棺桶』に収められているエッセイのなかで、漱石の小説中の酒の飲み方と人へのすすめ方のあきれるばかりの少量さが、いかにも酒呑みでない人物が書いたことを伺わせて信じ難いほど不自然極わまりない、と書いていたが、『猫』における吾輩を死に導びく

「ビール」は、その不自然さをまぬがれているし、ましてその「ビール」が、調子の良い俗物ぶりで苦沙弥を不機嫌にさせる多々良三平の飲み残しであることも重要なことだろう。新鮮でスリリングであると同時に、ティマティックな批評の模範解答めいていなくもなかった『夏目漱石論』で蓮實重彦は、吾輩の死について、「ヴァイオリンが琴を凌駕することで語りつがれる小説」として「成就することのない愛が間違いなく語られ」るなかで、二絃琴の御師匠さんの飼猫である三毛子への吾輩の愛には琴の音が具体的に響いていたのに「人も知るとおり、三毛子の突然の死によって成就することなく終り、以後、二絃琴が響く機会は失なわれる。そしてその瞬間を境として、猫はみずから行動する「存在」たることをやめ、聴き手に徹し、やがてその存在感をいちじるしく希薄なものとすることだろう」と書いているのだが、「ビール」もまた漱石的な主題として注目されてもいいかもしれない。娘との結婚ばなしの持ちあがっている寒月の人柄その他について教師の苦沙弥の家に問いあわせた金田夫人は、「後で車夫にビールを一ダース持たせてやつた」のに「ジヤムは毎日舐めるがビールの様な苦い者は飲んだ事がない」と言って受けとらなかったことを多々良三平的存在のヴァリエーションである鈴木藤十郎に、口惜しそうに語るのだが、金田令嬢との縁談がめでたくまとまったことを報告にきた多々良の手土産のビールを飲んで吾輩は水がめのなかで「水の中に居るのだか、座敷の上に居るのだか判然しない」「只楽である。否楽そのものすらも感じ得ない」状態で死ぬ。

猫の死体が水の中に浮かんでいる様子は、「オフィーリヤ」の姿を連想させはしないのだが、しかし、「水」と「湯」という漱石的な主題には結びつくかもしれない。子供の頃に読んだ時は、四肢をのばして硬直し濡れた毛皮が身体にぴったり張りついて、ヒゲの先きに水の滴くが光っている眼を閉じた猫の死体が眼に浮かんで、ひどくいやな気持になったものだが、今でも、この唐突な死による終わり方にはなんとなく違和感を持たずにはいられない。

ところで、私の飼っているトラーは、子猫の時、グラスに注がれたビールの泡に興味を示し、ビールがグラスに注がれるとテーブルに飛びのってはグラスに鼻面を突っ込み、泡を鼻に吸い込んでクシャミをするのだった。ビールなんか飲むと猫は死ぬんだからね、ビール飲んで死んだ有名な名無しの猫がいるんだから、と、姉と私はトラーに言ってきかせてやったのだったが、雑煮の残りのモチには、とんと興味を示したことがないのは、カツオ節のにおいに食欲をそそられるような食生活をしていない現代の猫だからだろう。

（かない　みえこ／作家）

『猫』と私

田辺聖子

はじめて漱石を読んだのは十二歳の時である。私は旧制の高等女学校へ入学したばかりであった。

それは昭和十五（一九四〇）年で、この年は紀元二千六百年の祝賀式典があったから、おぼえている。本来なら紀元節の二月十一日に行なわれるべきだろうが、なぜか奉祝行事は秋であった。私は卒業したばかりの小学校の、奉祝記念学芸会なるものを見にいった。神武天皇に扮した学童が、埴輪の人物像のような服を着て、ゴム長をはき、弓の先端にボール紙の鵄《とび》（それには金色の紙が貼りつけられている）をくっつけて登場し、観客の父兄や生徒をどよめかせた。「紀元二千六百年祝典歌」がうたわれ、それには二種類あった。軽快なメロディのマーチ、

〽金鵄《きんし》かがやく日本の
　栄えある光　身にうけて……

というのと、聞くだに荘重で身の引きしまる思いに打たれるというような、

〽遠《とお》すめろぎの　かしこくも……

というお経かご詠歌ふうのもの（紀元二千六百年奉祝会・日本放送協会制定）であった。

この昭和十五年という年は国民の生活がそろそろ制圧を受け出した頃で、主食や日常必要品が切符制になったり、国民服が制定されたり、奢侈品の製造販売が禁止されたり、日独伊三国同盟が調印されたり、と、いよいよ日本が身動きとれぬ戦争の泥沼へはまりこんでゆく（対中国戦争はすでに三年前に始まっていたが）しるしがあらわになっている。

しかし少女の私はそんなことはわからず、春の女学校入学と、そのときのお祝いにもらった小遣いで岩波文庫の漱石をはじめて買って読んだこと、ならびに秋の紀元二千六百年記念祝賀行事をおぼえているだけである。

私の買ったのは『吾輩は猫である』だった。

予習も復習もしなくていい春休み、というのは学生にいちばん嬉しいものだが、私は朝から晩まで『吾輩……』に読みふけり、面白くてたまらなかった。一家の団欒の部屋になっている曾祖母の居間の、大火鉢によりかかり、本の表紙が反りかえるのもかまわず、炭火のあたたかさを楽しみながら読んでいた記憶があるから、春寒の頃だったのだろう。

読みながらあんまり私が笑うので、それがまた家族の笑いを買ってしまった。私と入れちがいに女学校を卒業した若い叔母が、何を読んでいるのかと聞く。〈『吾輩は猫である』や。読ん

だ？　これ〉というと、叔母は、

〈そんなに面白い？〉

と意外そうな顔をした。読書好きの叔母はずっと前に読んだが、『坊ちゃん』のほうが面白かった、といっていた。

私はそれゆえ、『坊ちゃん』もあとになって読んだが、『坊ちゃん』のほうは痛快で面白くはあるものの、なんだか、人生の秘鑰《ひやく》を暗示されたような、厳粛な哲学小説、という気が、子供ながらにした。

それで『猫』と『坊ちゃん』とでは、文句なく面白いのは『猫』だと判定を下した。

ほとんどページごとにくつくつ笑っていた気がする。

それまで私は多読濫読の子供であったから、何でも貪り読んだが、ことにユーモア小説、軽快小説とでもいうべきものが好きだった。（元来、軽く出来上ってる人間なのだ）佐々木邦や由利聖子などから、鹿島孝二、坪田譲治なども好きだった。そういう子供が『吾輩は猫である』が、たいそう気に入ったのだ。

何でもないことを鹿爪らしく持ってまわって、楷書で表現する文体が、目あたらしく新鮮だったのかもしれない。猫の一人称に、〈おれ〉でも〈ぼく〉でも〈ワシ〉でもなく、〈吾輩〉を採用した時点で、すでに漱石の意図は明瞭で、表現のことごとしさと、対象の卑近矮小の矛盾がおのずからユーモアを生む、その効果を漱石は予期していたにちがいない。その意図はうまいこと図にあたり、大阪下町の女学生を、死ぬほどおかしがらせたのである。だから『吾輩……』を読んで声立てて笑っているのを笑われ、どこがおかしいのか、と問われても、それを説明することは困難である。面白い事件が突発するわけでもなく、主人公の猫、ならびに苦沙弥先生の個性が特異なのでもない。

描写対象と表現のギャップが笑いを生むのである。それは私をして大いに喜ばせ、こんなに有名な本が、こんなに面白い、ということに目の前が明るくなった気がした。有名な本はむつかしいものだろう、と、子供ごころに思いこんでいたのだ。

日ならずして私は『坊ちゃん』を読んだ。そうしてさきに書いたように、人生の秘鑰を暗示された、というのは、『坊ちゃん』にある都市文化と、田舎文化(そんな言葉があるならば)の対比考察に思い入ったのである。田舎の中学で主人公の新米教師は生徒たちのいたずらに悩まされる。バッタと足踏みで寝させてくれない。これはいたずらに名を借りた悪辣である。分別がつかないのに血気ばかり突出する年頃の人間は、どうかした拍子に化学反応を来《きた》して、人間の持つ有機的な〈可愛いげ〉を失い、無機質な悪辣に変化する。主人公はその化学変化を、都会文化と田舎文化で説明しているが——

主人公を愛する下女きよの手紙が面白い。

「田舎者は人がわるいさうだから、気をつけてひどい目に遭はないやうにしろ」と注意している。少女の私はことにそこへ目をあてた。

当時の常識では反対だと思われ、私もそう思っていた。生き馬の目を抜く都会に住む人間はすれっからしであり、風光のどかな田舎に住む人は純朴であるという図式を信じていたのだ。『坊ちゃん』はこの図式がいかに浅薄なものであるかを教えたのであった。

そのあとたてつづけに『三四郎』や『それから』『こころ』など読んだ。『三四郎』はいまいち、面白くなかったが、『それから』『門』『こころ』まで面白く読んだ。徒食するインテリの内面の苦悩など、子供にわかるはずはないのに。……

そしていま、大人になって『道草』『門』などを面白く読む私なのだが、愛するのはやはり『吾輩は猫である』なのだ。紀元二千六百年奉祝式典の行なわれた昭和十五年から半世紀以上たっても、私は変っていないらしい。

（たなべ せいこ／作家）

漱石実感

村田喜代子

『倫敦塔』を初めて読んだとき、普通の紀行文のつもりで頁をひらいたが、だんだんおかしくなって、しまいにふきだした。漱石とは、なんとのりやすい人だろう、とつくづく愉快だった。

イギリス滞在中のある日、漱石は倫敦塔へ見物に行く。この倫敦塔の説明がまず偏執的にくどい。「過去と云ふ怪しき物を蔽へる戸帳が自づと裂けて龕中《がんちゅう》の幽光を二十世紀の上に反射する」ような、「凡《すべ》てを葬る時の流れが逆しまに戻つて古代の一片が現代に漂ひ来れりとも見るべき」ような、「人の血、人の肉、人の罪が結晶して馬、車、汽車の中に取り残された」ような建造物であると、荘重、壮大な形容を連ねる。

のっけからこんなふうに文章は高揚というか、興奮気味で、読む私のほうもそれがのりうってくる。

やがて空濠《からほり》にかけてある石橋を渡って進むと、鐘塔が屹立していた。漱石は塔上の鐘を見上げ、さっそく感慨にふける。この鐘は過去にずいぶん鳴ったであろうと想像するのだが、そのくだりがまたじつにしつこい。

「塔上の鐘は事あれば必ず鳴らす。ある時は無二に鳴らし、ある時は無三に鳴らす。祖来る時は祖を殺しても鳴らし、仏来る時は仏を殺しても鳴らした。霜の朝、雪の夕、雨の日、風の夜を何遍となく鳴らした鐘は今いづこへ……」

この文章に、トン、トン、ト、トン、と扇子を打つ音を入れると、どこかで聞いたことのある調子だ。講釈師の熱弁を思い浮かべてしまう。江戸を潜ってきた時代の作家だから、力が入ると講釈師になってしまうのだろうかと思うが、こんなのりは同時代の鷗外や藤村にはない。

そういえば『吾輩は猫である』を最初に読んだとき、私は大笑いしながらやはり変な気がしたものだった。あの理学士寒月が眺める秋だったかの夕日のしつこさ。いつまでも暮れなかった秋日の強情さ。あれも、そうとうおかしかった。

塔の内部へ入ると、漱石ののりも一段と佳境へ入る。過剰な感慨を懐ろに見て行くので、待っていたとばかり空想の舞台がじわじわ漱石の前に現れてくるのである。そこでは、幽閉中の幼い二人の王子の最期の夜が、あたかも映画をみるかのように眼前に幻出する。

また美しいジェーン・グレーの首が斧に断ち切られる場へと、まぎれこんだりするのだ。彼女の神々しくも恐ろしい断首の場面では、眺めている漱石のズボンの膝にその血痕さえ飛ぶのである。

こうなるといかにも露悪的で、のりすぎと思うのだが、漱石はもう完全にむこう側の世界へ行ってしまっている。その様子といえば、いにしえの壁の落書きを見ては興奮し、

「余は(壁の)ジエーンの名の前に立留つたぎり動かない。動かないと云ふより寧《むし》ろ動けない。空想の幕は既にあいて居る。」

という状態なのだ。作者がちゃんと自分ののめりこみを報告している。

いったい漱石ほどの作家が、なぜわざわざ倫敦塔見学の案内人をかって出たりするのだろう。しかし、どんな目的であれこの塔を見学する者の胸の中には、血の歴史を覗きたい欲求が潜んでいる。もともとなにかを書いたり、語る行為自体が悪趣味なのであって、彼がその過去の時間の幕を、一場面ずつ作家の空想力でめくって行く。漱石は、倫敦塔にまがまがしい昔の血をかよわす案内人になる。

『倫敦塔』を読み終えて、私は漱石ののめり込みに奇妙な感動をおぼえた。なんだかわからないが無償の激しい情熱がある。そのときハッと、彼は生得の実感人間だったのだ、という気がした。すると鮮やかに『こころ』の一場面が浮かんできたのである。主人公の「私」が親友のKの自殺の場を見てしまうくだりだ。いつ読んでも私はそこにくると、唸《うな》りたくなる。

「私はおいと云つて声を掛けました。然《しか》し何の答もありません。おい何《ど》うかしたのかと私

は又Kを呼びました。それでもKの身体は些《ちっ》とも動きません。私はすぐ起き上つて、敷居際迄行きました。其所《そこ》から彼の室の様子を、暗い洋燈《らんぷ》の光で見廻して見ました。

　其時私の受けた第一の感じは、Kから突然恋の自白を聞かされた時のそれと略《ほぼ》同じでした。私の眼は彼の室の中を一目見るや否や、恰も硝子で作つた義眼のやうに、動く能力を失ひました。私は棒立に立竦《たちすく》みました。それが疾風の如く私を通過したあとで、私は又あゝ失策《しま》つたと思ひました。もう取り返しが付かないといふ黒い光が、私の未来を貫ぬいて、一瞬間に私の前に横はる全生涯を物凄く照らしました。」

このすごい実感。罪業という暗黒の穴に体半分を呑まれて、それでも生き続けねばならない人間の生活とはどんなものだろう。痛恨と慚愧の中に立ち尽くした「私」が、まるで漱石自身が、罪業の真黒い光に稲妻のように射されて、この瞬間Kの死を軸としてそれまでの半生と未来とが、たちまち罪科に炙られ染め直されていくような、恐ろしい照らされかたをする。

　すでに一回、人を殺してしまった人間のように、ああ失策った……と漱石がうめいている。この圧倒的なリアリティ。言葉の力が、まさに実感によって支えられている。実感こそ彼の作家としての、存在確認の触手かもしれないと思うのだ。知の人といわれるが、知で認識する前にその触手が本能的に作動してしまう。すると漱石の異常なまでののりは、実感することへの情熱から生まれるエネルギーかもしれない。

そう思うと『夢十夜』の悪夢のなまなましさも納得がいく。死と罪業の恐怖を実感するために、彼は十の恐ろしい夢を作り出した。作りながら、空想し、想像し、カタツムリのツノみたいな実感の触手を伸ばす。普通の人間は現実に身を置いて何事かを感じるが、作家の実感は普通人と逆に働くのだ。

彼はそうやって『夢十夜』や『倫敦塔』と同時に、『こころ』や『明暗』も書きあげた。文豪と講釈師のあいだを飛び越えて行き、また飛び越えて帰ってくる。なにか、ずいぶん気ぜわしくて、忙しい作家である。

空濠を渡っては実感し、倫敦塔へ潜入しては実感し、夢を見ては実感し、それから『こころ』のKを死なせては実感し、漱石の神経は書きながらぶるぶる震え、感応し、のりまくり、なりきってのたうった。胃もボロボロになるはずだった。

実感やリアリティなどという文芸用語は、観念が流行する今の時代には廃れて懐かしい響きがある。文豪などという言葉が遠くなったように、これらの語も時の彼方へ押し流されて行った。

しかし今読んでみて、漱石は遠くへ行っただろうかと思う。私はそうではない気がする。

（むらた　きよこ／作家）

漱石とロンドンの女たち

出口保夫

ベルリンに留学した森鷗外と異って、ロンドンの漱石には、恋愛体験がなかったと考えられているが、まずそう考えて間違いはなさそうである。だが彼は二年間の留学生活において、何人かのイギリス女性に接したことは事実であるから、木石のような人間でない以上、異国の女性に興味をいだかなかったはずがない。

最初に宿泊したホテルは、スタンレー夫人が経営者で、おそらく彼女は中年以上の婦人であったろうが、詳しいことは皆目分らない。このスタンレー・ホテルの名称さえ、筆者の友人のアンドルー・ワットが近年発見したものであって、長い間そのことすら知られていなかった。これは今日でいう、ビー・アンド・ビーという簡易ホテルで、スタンレー夫人がそこに仮寓する漱石に、特別親しく接したとは考えにくい。

つぎに移ったウェスト・ハムステッドには、ミス・マイルドと、女中のアグネスのふたりの女性がいたが、漱石は彼女たちに全く好意を示さなかった。しかしミス・マイルドはお茶の時間には、ときどきピアノを演奏して、異国の青年の孤独を慰めてくれたのである。

この家の雰囲気と人間関係に、漱石は「地獄の暗さ」を感じたというのだが、家の主人はロンドンでかなり有名な洋服店を営み、富裕な商人であった。この家は漱石がロンドンで滞在した下宿では、もっとも立派な構えで、ウェスト・ハムステッドというところも、どちらかといえば高級な住宅街だったが、その家の「地獄」と、経済的理由で三週間しかいなかった。

次の下宿はブレットという工学士の家であるが、そこにはブレット夫人と女中のスパローがいた。この家は以前私塾のような小さな女学校で、ブレット夫人はそこで教えていたというからインテリ女性である。だが漱石はこの女性がときどき、知識をひけらかすのが気に入らず、それればかりかその知識が浅薄であることに愛想をつかす。

主人のブレットは、ヴィクトリア女王の御大葬の日には、わざわざ漱石をさそい、ハイドパーク公園の片隅で、背の低い異邦人を肩ぐるまに乗せて、大葬の行列を見せたという愛想のいい、親切な人物だった。そんな人の好いブレットと、インテリぶった小ざかしい夫人とは、夫婦としては好一対だったのかもしれぬ。

この下宿に来た翌年の春、復活祭の休日に、漱石は同宿の田中孝太郎に、シェイクスピアの生地ストラットフォード・アポン・エイボンへの旅行にさそわれた。その時彼はシェイクスピアの講義を、クレイグ先生から毎週個人教授として受けていたにもかかわらず、生地や生家を見ても仕方がないといって断った。実際、二年間の滞在中に、文学者にゆかりのある場所を訪れたのは、ロンドンのチェルシーにあったカーライル博物館くらいのもので、文学作品を読むにあたって、その作家や詩人のゆかりの背景を探索することを漱石は軽視した。実はそのことによって、漱石の英文学理解が、ある種の偏りのあることもまた事実なのである。

ストラットフォードへ行かなかった漱石は、そのかわり下宿で女中のスパローと、ピンポンをして時間を費やしていた。おそらく、ブレット家の人たちは、イースター・ホリデーで、みなどこかへ遠出をしていたにちがいない。下宿には漱石と女中のふたりしか残っていなかったふしがある。スパローがどういう女性であったか分らないが、前の家のアグネスのような、陰気な娘ではなかったであろう。

誇り高い漱石が、下宿の女中に特別の感情を懐いたとは考えにくいが、若い娘を相手にピンポンをしたということから忖度すれば、すくなくとも、これまでに接したロンドンでの女性たちのうちでは、好もしい感情で対することのできた娘だったのではないだろうか。

彼女が食堂では笑顔をもって食事を運び、午後のティータイムには、ヴィクトリア朝風の優雅な紅茶を、漱石のテーブルのうえに並べたにちがいない。当時の下宿屋の女中は、かなり重労働で、漱石の手記によれば、「朝カラ晩迄働イテ居ル」と記している。

同じ頃またウェスト・ダリッジのエッジヒル夫人から、アフタヌーン・ティに誘われたことがある。午後の四時頃、紅茶とスコーンとサンドウィッチとケーキで、親しい友人をもてなす習慣は、この頃ようやくロンドンの一般市民の家庭に定着しはじめていた。

エッジヒル夫人は、漱石がプロイセンの船上で知り合った牧師ノット夫人の友人で、この日のお茶の席には、その夫人も招かれていた。実をいうと、この家に呼ばれたのは二度目である。最初は二月の雪の降る日だった。

彼女たちが漱石を二度までアフタヌーン・ティに招いたのは、この異教徒を何とかして、キリストの教えに触れさせるためであった。招待する女性たちと、招かれる者との間に感情と理解の深い溝があって、折角の優雅なアフタヌーン・ティも決して楽しいものとはならなかった。彼女たちの善意も、かたくなな漱石の心の扉を開くことはなかった。

最後の下宿の女性は、比較的教養もあるミス・リール姉妹である。この女性たちとのつき合いが、もっとも長く一年半におよんだことになる。新しい下宿屋の条件として、「文学趣味ヲ有スルコト」(『デイリー・テレグラフ』紙下宿募集欄)を求めた甲斐あって、リール姉妹は、元女学校教師の似非《えせ》インテリ女よりも、はるかに教養豊かな人たちであった。

彼女たちがシェイクスピアやミルトンを、ときどき話題にしたということからすると、立派なインテリ女性である。イギリスでは、当時ケンブリッジはじめ、一、二の例外をのぞけば、女性の大学教育はまだ一般的ではなかったから、彼女たちが高等教育を受けていたとは考えられない。しかしこの姉妹は、裕福な家庭に育ち、よい教育を受け、親の残した遺産とか恒産によって、ふたりで下宿屋を経営し、他人からの支配を嫌い、自由な人生の道を歩んでいた人たちであろう。ロンドンの下宿屋は、そういう女性たちが持ち主である場合が多かった。

リール姉妹が漱石に寄せた好意は、漱石がノイローゼに陥った時、医者の世話やら、自転車乗りの世話まで、いろいろと気遣いを示したことによってもうかがわれ、彼女たちの優しい人柄が伝わってくる。またある時は、ロンドンの港まで、友人の帰国を見送りに行ってくれたこともあった。

そういう彼女たちに、漱石が悪い感情を抱いていたはずはない。われわれは彼が書き残したものによって、ロンドン生活の「暗さ」を、そのまま真に受けるのは正しくないだろう。それにしてもこの年上の姉妹たちとの生活は、もう少し漱石の側に心のゆとりがあれば、もっと居心地のよいものになったはずである。

（でぐち　やすお／英文学）

接吻と裸体画

富士川義之

漱石はロンドンで暖い季節に若い男女が公園などで接吻するさまを通りすがりによく見かけていたらしい。たとえば、明治三十四（一九〇一）年五月二十二日の日記には「晩ニ池田氏トCommon ニ至ル男女ノ対此所《ここ》彼所《かしこ》ニ bench ニ腰ヲカケタリ草原ニ坐シタリ中ニハ抱合ツテ kiss シタリ妙ナ国柄ナリ」と記している。

「妙ナ国柄ナリ」と評するあたりに、異国の恋愛風俗に馴染めず、ある種の困惑を感じないではいられぬ漱石のカルチャー・ショックが見てとれよう。「池田氏」とはのちに味の素を発明した化学者池田菊苗のことで、二日前の夜に二人は「理想美人」について談笑し合っている。そして翌二十三日には筆不精の妻鏡子から二通の手紙を受取っている。「もう英国も厭になり候」という詞書《ことばがき》付きの高浜虚子宛の葉書（明治三十四年二月二十三日付）に記された、

吾妹子《わぎもこ》を夢みる春の夜となりぬ

は明らかに妻のイメージを背景にもつ句である。

漱石は妻よりの手紙を大層心待ちにしていたが、ロンドンに到着してからおよそ半年を経たこの時期、暖い春の訪れとともに、妻のいない孤独な留学生活にそろそろ倦みはじめ、内なるエロスの衝動をひそかにもてあましていたのかもしれない。そんな漱石にとって公衆の面前でのキス・シーンは異和感を感じさせるとともにいささかまばゆい、悩ましくさえある情景として映っていたかもしれない。この異和感は後年新体詩批判を行った際にも尾を引いている。

「……所が日本の新体詩人は西洋の詩から接吻と云ふ字を発見して一般の人の趣味の異なる日本に此字を引入れて来て平気で使つて居る、然《しか》し此字に対する普通の人の趣味は新体詩人が用ひる様な意味を有して居らん。従つて一種の忌味《いやみ》を感じる。嘘を吐《つ》いてゐるとしか思はれない」(『文学評論』の「序言」)

このような批判は新体詩人の疑似西洋ぶりに向けられていたが、同様の異和感と批判を、漱石は裸体画に対してもぶつけずにはいられない。しかも接吻など以上に、裸体画を目にする機会は、季節に関係なく、遥かに多かった。明治三十四年元旦の日記には「英国人ノ裸体画ニ関スル意見ヲ聞ク(Mr. Brett ヨリ)英国ニ裸体画少キ所以《ゆえん》ヲ知ル」と書かれている。漱石がロンドンの美術館やギャラリーめぐりをして何よりもまず衝撃を受けたのは、数多くの裸体画が堂々と展示されているという事実ではなかったろうか。確かにルーブルなどに比べると数は少いだろうが、しかし裸体画の伝統をまったく欠いた日本からの留学生にとって、美的にも道徳的にも、ほとんど圧倒的な第一印象であっただろう。

接吻と裸体画。この二つはのちのちまで漱石の西洋人観に深い、微妙な刻印を残したのではないかと思う。ロンドン時代の漱石は必ずしも下宿に引きこもって英文学書の山のなかで呻吟していたばかりではなかった。変りばえのしない日常生活のなかで、直接感覚に訴えかけてくるさまざまの光景に敏感に反応し、それらを感覚的なイメージとして記憶していたに違いない。観念として入ってくるものはとかく色褪せやすいが、直接感覚的に把握されたイメージはいつまでも持続しがちという一般論が漱石の場合にも当てはまると思うからである。それに何はさておき、この二つの背後からは西洋近代的な恋愛至上主義の香が強烈に漂ってくる。漱石が接吻と裸体画を通して恋愛至上主義、すなわち男女の恋愛がすべてに優先することを肯う思想を見ていたことは疑うべくもなかろう。男女の結びつきが神聖視されるならば、公衆の面前で接吻するのも自由だし、愛する女性の裸体を眺め、それを描くことも反道徳的とは見なされない。おおよそそうした恋愛至上主義を、ロンドン時代の漱石は主として絵画体験も含む広い意味での生活体験および読書体験を通じてしたたかに味わっていたのではあるまいか。しかも西洋の恋愛風俗が日本のそれとは甚だしくかけ離れていることを実感すればするほど、『三四郎』や『それから』以後、独自の恋愛小説を書いていくうえで西洋の恋愛風俗に対して極めて慎重にならざるを得なかったのではなかろうか。ちょうど『それから』の代助が西洋の恋愛小説は「原語で読めば兎に角、日本には訳し得ぬ趣味のものと考へてゐた」ように。

だから漱石は『草枕』のなかで、譬えて言えば、日本語に訳し得る趣味のものとしての、清潔で厭な感じを起させない若い女の裸体を描いたのであった。「頸筋を軽く内輪に、双方から責めて、苦もなく肩の方へなだれ落ちた線が、豊かに丸く折れて、流るゝ末は五本の指と分れるのであらう。ふつくらと浮く二つの乳の下には、しばし引く波が、又滑らかに盛り返して下腹の張りを安らかに見せる。張る勢を後ろへ抜いて、勢の尽くるあたりから、分れた肉が、平衡を保つ為めに少しく前に傾く。逆に受くる膝頭のこのたびは、立て直して、長きうねりの踵につく頃、平たき足が、凡《すべ》ての葛藤を、二枚の蹠《あしのうら》に安々《やすやす》と始末する。……」

この裸婦像について漱石は「実のところ私は、裸体のやうなものでも、かきやうに依つては、随分綺麗に、厭な感じを起させないやうに書くことが出来る、強《あなが》ち出来ないものではないと云ふ、その一例としてあれを書いて見たのである。恋愛でも描写の方法次第で、充分清潔にかき得られないことはなからうと思ふ」と、談話「家庭と文学」で語っている。

那美さんの裸体像が明治二十八(一八九五)年の第四回内国勧業博覧会に出品された黒田清輝の「朝妝《ちょうしょう》」をめぐり起った裸体画論争を踏まえて描かれていることは明白だが、それはそれとして漱石が最初から裸体に少からぬ関心を寄せていることは興味深い。『吾輩は猫である』

第六章には、行水を浴びている美人を、柳の枝にとまった一羽の烏が見とれているところへ、「陸軍の御用達《ごようたし》」みたいないかめしい正装をした高浜虚子がやって来るが、俳人なものだからその「デカダン」な光景に大いに俳味を感じて「行水の女に惚れる烏かな」(これは虚子の実作)とたちまち一句をものにするという、寒月先生の滑稽至極な「俳劇」の構想が披露される。学校で裸体画の写生を教えることを奨励しながら、他方では裸体画の取締りを警察が強化していた当時の状況を揶揄せずにはいられなかったのである。

裸体や裸体画に強く惹かれながらも、その表現には慎重にならざるを得ないという心理的抑圧を漱石はほとんどつねに感じていたことだろう。「キリアムは熱き唇をクラ、の唇につける」(「幻影《まぼろし》の盾」)を除くと、接吻の場面はそもそも描かれることがなかった。その意味で漱石のエロスはまさに抑圧されたエロスの発現にほかならなく、女の白いうなじとか百合の花などを通じてほのかに象徴的に暗示されるほかなかった。そのようなエロス表現が漱石の恋愛小説のいわば隠し味となっているのである。

(ふじかわ よしゆき/英文学)

II

三四郎はそれから門へ

——中期小説

池田浩士「鷗外の坑業家と漱石の坑夫」……第十五巻（月報15）一九九五年六月
司馬遼太郎「『三四郎』の明治像」……第五巻（月報5）一九九四年四月
川上弘美「美禰子のような女」……【第二次刊行】第二十五巻（月報25）二〇〇四年四月
加藤典洋「「それ以前」の漱石——世界のはずれの風」……第二十二巻（月報21）一九九六年三月
多木浩二「記憶のなかの漱石」……【第二次刊行】第四巻（月報4）二〇〇二年七月
坂上弘「宗助の存在感」……第二十三巻（月報24）一九九六年九月
玉井敬之「『門』から覗くことができたもの」……第六巻（月報6）一九九四年五月
小島信夫「姿を変える不安」……第六巻（月報6）一九九四年五月

鷗外の坑業家と漱石の坑夫

池田浩士

森鷗外の『我をして九州の富人《ふうじん》たらしめば』は、九州小倉に赴任してから三ヵ月後、一八九九年九月十六日の『福岡日々新聞』に発表された。九州の金満家たちが富の使い道を誤っていることを批判し、自利と利他との契合を説いたこの有名な一文が生まれるきっかけのひとつとなったのは、ある雨の日の体験だった。公用で直方《のおがた》へ行き、俥《くるま》を雇おうとしたところ、客待ちをしている十余人の車夫たちは、あれこれ口実をもうけて応じない。ようやく茶店の主人が引っぱってきたひとりも、二十町ばかり行くと坐り込んで動かなくなる。鷗外はやむなく雨の中を二里も歩かねばならなかった。あとで知ったところでは、人力車夫たちが「坑業家の価《あたい》を数倍《ばい》して乗るに狃《な》れて」、規定の金額しか払わない官吏など客に取ろうとしないのだった。この体験は、七月九日の出来事として『小倉日記』にも記されている。小倉に着いてからわずか二十日後のことだ。日清戦争で巨大な利益を得たうえ、全国の石炭の半分を超える出炭量を誇った筑豊の炭坑主たちの権勢は、それとの比較で車夫たちから歯牙にもかけられなかった鷗外に、強い印象を与えたにちがいない。

　陸軍第十二師団軍医部長として北九州で過ごした三年間に、鷗外はなお二度だけ、坑業主に関する記述を残している。一度は、一九〇〇年秋の衛生隊演習のさい、直方の「富豪貝嶋氏」宅に宿泊したときのことである。麻生、安川と並んで筑豊炭業界の御三家と称されたこの貝嶋太助の邸宅で見た書画の数々と、坑夫から身を起こした当主の経歴とが、かなり詳しく記しとめられている。もうひとつは、翌年七月、やはり演習のおりに、田川炭坑の三井倶楽部山田某の家に泊ったとき、そこで受けた説明についての記録で、三池坑と田川坑との比較や、坑夫の徭銭《ようせん》(労賃)と坑業主の利潤の数値が示されている。ここからは、七、八時間をかけて採掘する石炭一噸《トン》につき坑夫が六〇銭の労賃を得るのにたいして、炭坑主は門司までそれを運搬した時点で必要経費を差し引いても二円の利潤を得ていたことがわかる。「九州の富人」は、このような関係のなかで富人たりえていたのである。

　だがもちろん鷗外は、坑業主と接する機会は持ったとしても、坑夫たちとじかに接することも、その労働や生活の実際を知ることもなかった。かれが小倉に着任するわずか五日前には、筑豊の豊国炭坑で大規模な炭塵爆発があり、死者二一〇人を出す惨事となっていたし、一九〇一年七月には、岩崎炭坑で通風口陥没事故のため六九人が死んだ。同じ年の十二月には長崎県香焼《こうやぎ》炭坑で、苛酷な待遇に抗議して三〇〇人の坑夫たちが暴動を起こし、死者一、重傷者六を出している。これらが小倉の鷗外の耳に届かなかったはずはないのだが、残された作品や日記類にその痕跡はない。

　夏目漱石が長篇『坑夫』の想を得たのは、鷗外が東京へもどったときから二年半のちのことだった。もちろん、漱石がこの小説で描いたのは、九州の富人たちとひいてはまた国家とを富ませるこやしとして、酷使と差別のなかに使い捨てられたあの炭坑夫たちではない。小説中では固有名は伏せられているが、一九〇七年ごろの「断片」から明らかなとおり、足尾銅山がその舞台である。だが、炭坑でも、金銀鉱や銅鉱、マンガン鉱など金属鉱石を掘る鉱山でも、労働者が置かれた状況には大差はなかった。「坑夫」あるいは「鉱夫」というのが、かれらのいずれにも与えられる呼び名であり、同一名称の両者を世間が意識して区別することさえほとんどなかった。今東光に『華やかな死刑派』という小説（『小説新潮』一九七二年五月号、単行本収録＝七二年十一月）があるが、一九二〇年代中葉の新感覚派とアナーキスト・グループとの軋轢を描いたこの作品の冒頭に、「宮嶋資夫というプロレタリア作家は、炭坑夫上りというのを鼻にかけ、自慢の腕力で可成り暴行を働いて文壇では鼻つまみだという噂は聞いていた」云々という一節が出てくる。現実には宮嶋資夫は炭坑夫ではなく、タングステン鉱山の事務員だったことがあり、そのときの体験が代表作『坑夫』（一九一六年一月。発禁）となったのだが、鉱山と炭坑の区別など、一般にはこのように有って無きがごときものだったのだ。

漱石の『坑夫』は、体験者から一九〇七年十一月末ごろに得た素材をもとにして書かれ、翌年一月一日から四月六日まで『朝日新聞』に連載された。この時期は、足尾銅山の鉱毒問題が田中正造らの苦闘によって世間の注目を惹くようになりはじめてから十五年余を経たときにあたっている。鉱毒問題は大きな社会問題としてなお続いていたが、それに加えて、鉱山内部の労働現場の問題も爆発点に達しつつあった。一九〇七年二月には、管理職と坑夫との衝突に端を発する暴動が足尾銅山で発生し、鎮圧のため軍隊が投入された。六月には別子銅山でも、賃上げ要求と報復解雇から暴動となり、やはり軍隊が出動した。八月には生野鉱山で同盟罷業が始まった。この年にはまた、三月と七月に夕張炭坑でストライキ、四月には幌内炭坑で暴動など、炭坑でも労働争議が頻発している。豊国炭坑でまたもガス爆発が起こり、死者三六五人という明治期最大の炭坑災害となったのも、この年の七月のことである。

『坑夫』には、鉱山や炭坑をめぐるこのような社会的現実は、背景としてさえ何ひとつ描かれていない。描かれているのは、徹頭徹尾、自身のしくじりから世間に顔向けができなくなって家出してきた十九歳の青年の個人的体験である。とにかく東京から離れるために歩きつづけるかれを、ポン引が呼びとめる。銅山《やま》で働かないか、という誘いに、主人公はすぐには返事ができない。「坑夫と云へば鉱山の穴の中で働く労働者に違ない。世の中に労働者の種類は大分《だいぶん》あるだらうが、其のうちで尤も苦しくつて、尤も下等なものが坑夫だと許《ばかり》考へてゐた矢先へ、すぐ坑夫になれりや大したものだと云はれたのだから、調子を合す所《どころ》の騒ぎぢやない」からだった。なにしろ、「坑夫の下にはまだ〳〵坑夫より下等な種属があると云ふのは、大晦日の後《あと》にまだ沢山日が余つてると云ふのと同じ事で、自分には殆ど想像がつかなかつた」のである。坑夫にたいする主人公と世間一般の評価は、作品中でも一貫して変わらない。例外を発見したときの驚きも、この一般的評価を補強するものでしかない。坑夫たちがこの蔑視を打破するためには、その後の永い闘いと、上野英信や森崎和江たちの貴重な仕事を待たねばならなかった。いや、それらをもってしてさえも、坑夫たちにたいする深い差別は、坑夫という存在そのものが死滅するまで、ついに根絶されることがなかった。

漱石の『坑夫』は、もちろん、この深い差別の現実をつきくずす直接的な力となったわけではない。つきくずそうという作者の意図がこの作品のテーマであるわけでもない。むしろ、現実にたいする告発の点では、鷗外の『我をして九州の富人たらしめば』のほうがはるかに具体的であり意識的である。漱石は、自身で坑内に足を踏み入れたことなどないのはもちろん、鉱山を訪れて坑夫を実見したことさえなかった。小説の題材を偶然に金《かね》で買っただけだった。鷗外は炭坑地帯を実見し、坑業主たちの権勢に肌で接した。坑業主を富人たらしめた石炭の利潤を具体的な数字として知ることもできた。その鷗外が描いたのは、しかし、自分が車夫ごときから受けた侮辱と、かれらをそのようにさせている坑業主が蒐集した書画骨董の店卸《たなおろ》しだけだった。一方、漱石は、鷗外の矜恃を傷つけた坑業家たちにもまして日本国家社会の最大の原動力だった坑夫たち——車夫馬丁よりもさらに下等なこの存在を、生きた人間として、内側から描き出すことができたのだった。この対照を見るにつけても、現実への肉薄という点で両作家のあいだにある質的な差異を、あらためて考えざるをえないのである。

（いけだ　ひろし／ドイツ文学）

『三四郎』の明治像

司馬遼太郎

明治のおもしろさは、首都の東京をもって欧米文明の配電盤にしたことである。唯一の大学だった帝国大学に、外国人教師を、おそらく世界一だったかと思われる高給で傭い入れ、一方でその卒業生を海外に留学させ、やがては外国人教師と交代させるという盛大な試みをした。

本郷や、農学部のあった駒場で受容された〝文明〟を、農商務省、内務省、文部省といった配線を通じて四十余の道府県や下級の学校にくばるのである。漱石自身も文部省を通じて熊本の第五高等学校に配られ、やがて本郷の外国人教師と交代させられるべくロンドン留学を命ぜられた。もっとも漱石その人は帰国後、ほどなく右の配電盤を去ってしまうが。

漱石が『三四郎』に登場させた主人公は、熊本の第五高等学校を出て、そういう文明の配電盤にむかってゆく。

この作品の新聞連載の開始が明治四十一(一九〇八)年である。東京だけが輝やいていて、田舎はなお江戸時代をひきずっているころである。三四郎は、天竺へ文明を取りにゆく玄奘三蔵に似ている。

東京という首都にだけ〝文明〟があって、他にはないという歴史的事情の上にこの作品は成立している。たとえばマルセイユの青年がパリにゆくとか、英国の田舎の若者がロンドンへゆくということでは『三四郎』は成立しないことを思わねばならない。その点、大げさでなく、世界文明史上の奇譚というべき小説なのである。

天竺取経奇譚である『西遊記』には、シルクロードを西へゆくにつれさまざまな妖怪が出てきて主人公の心をくじこうとするが、『三四郎』では、冒頭、東行する汽車のなかにおいて早くもそれらがあらわれる。

一昨年、アメリカの日本学者のE・G・サイデンステッカー氏と大阪で一夕を共にしたとき、氏は、〝漱石がお好きだそうですが漱石のどの作品がいいと思います〟と、大きな目を据えて問われた。なにやら、テストめかしいのが、おかしかった。『三四郎』です、と答えると、幸いなことに、

「私もそう思います」

と、大声で同意してくれた。漱石の諸作品のなかで、『三四郎』は、小説を書く玄人としての能力(主題の選択、人物の描写、構成)がもっともよくあらわれている。そのことが、私の理由の一つである。

京都から、女が、三四郎の前にすわる。女は、三四郎にとって田舎娘の代表である三輪田の御光《おみつ》さんより顔立が上等にできているが、無口でつかみどころがなく、要するにえたいが知れない。

どうやら女は、漱石自身の京都観を反映しているようである。

漱石にとって東京以外は一面の田舎だが、ただ京都だけは遇しかねている。むかしの文化の配給装置ながら、寺ばかりの陰気でさびしい所だとおもっており(「京に着ける夕」など)、文化財の多い土地だというふうな敬意は表していない。漱石は、大正の和辻哲郎の『古寺巡礼』以後の日本人ではないのである。三四郎が向いあっている女は、漱石の京都観が化けて出たようでもある。

女と三四郎は、当時の鉄道事情による不可抗力のために、名古屋で下車し、駅付近の古宿で同宿するはめになる。

むろん、三四郎は道心堅固で、さまざまに工夫して、何事もなかった。明朝、駅で別れるとき、女は、「あなたは余っ程度胸のない方ですね」と、あざやかな捨てぜりふを残す。この話は門人の小宮豊隆だったかの体験が下敷きになっているそうだが、この女に、明治時代における京都という性格の所在なさと性根のたしかさがよく出ている。

やがて神主じみた男が、向いの席にすわる。最初は三四郎のこの男への評価は低かったが、話しているうちに配電盤に近そうなにおいがしてくる。

後日、この神主めいた男と東京で再会したとき、大学のとなりの――配電盤そのものではないがもっとも近く位置している――第一高等学校の名物教授であることを知る。車中、この広田先生に、三四郎は、日本は亡びる、とか、既成の観念にとらわれるな、などと教えられる。妖怪の一種にはちがいない。

大学構内で、与次郎という文科の選科生に出あう。配電盤に巣食う小さな羽虫のような存在で、文学の潮流から学内の瑣事、娘義太夫の評判にいたるまで知らぬことのない消息通ながら、誠実という人生の唯一の重心が欠けている。そのあたり、小妖怪に相違ない。

美禰子《みねこ》が出てくる。

この配電盤の周辺に棲息する女性は、三四郎から見れば〝文明〟の電流をうけたようにふるまい、田舎出のこの若者に華麗ないたずらをし、その心をひきよせ、いたぶるように放す。

『三四郎』で創造されたこの女性については、さまざまな解説があるから、ここではふれない。

取経の行脚者である三四郎が、文学部ではじめて講義をきく。老西洋人からスコットの通った小学校の村の名を、三四郎は所在なくノートに書く。体系論が講じられるわけでもなかった。学者時代の漱石は、文学について、それを学問にするにはあまりにも不定形で体系がなさすぎることに悩んだが、このくだりにその悩みの反映があるとうけとれなくもない。

結局、三四郎はまぎれこんだ理学部の野々宮さんの実験室で、野々宮さんが光にも圧力があるという仮説を確かめようとしているのを見る。

どうもこのあたりが、文明の取経のための洞窟であるかのように——三四郎は文科生ながら——漱石の好みとして匂ってくるのである。

漱石の全風景からみると、学者時代、文学というえたいのしれぬものを、化学のような尺度で法則化してゆけぬものかという壮大な方法を考案して苦心した。その『文学評論』や『文学論』の原風景が、スコットの小学校の村の名というとりとめなさや光の圧力の実験という確かさなどに象徴されているように思えてならない。

以上、明治の文明上の奇譚についての解説である。

（しば　りょうたろう／作家）

美禰子のような女

川上弘美

漱石全集は、家の本棚の中ほどに並べてあった。

ほかでは見ない、くすんだオレンジ色の布のざらざらした感触の装丁が、好きだった。いや、好き、というよりも、その本に自分のてのひらでふれ、指で頁をめくって広げてみたい、という欲をかきたてた、といったほうが正しいかもしれない。

そんなふうに思うとき、決まって取り出すのは、なぜだか第一巻の「吾輩は猫である」ではなく、まんなかあたりの巻だった。小学生だったわたしには本文はまだ歯がたたないので、めくって眺めるのはもっぱら見返しの装丁だった。丸の中に、男だか女だかわからない人の立っている意匠。もう一つの、丸の中いっぱいにぶどうらしき植物が描かれた意匠。その二種類の丸が交互にゆったりと配置されている。どちらも少しゆがんだフォルムで、なんだか丸いレンズを通して見た光景のようだとわたしは思っていた。

中学生になって、いよいよ一巻めの「猫」を読みはじめた。でも途中ですぐに挫折した。面白いような面白くないような、全体としてはものすごく面白いような気もするのだが、読み進むうちに何が書いてあるんだか、わからなくなってしまうのである。

第二巻の「倫敦塔」は、いくらかよかった。短いので、「えいやっ」と我慢して読めば、わからないながらも一篇の最後までたどり着くことはできるのだった。

同じく短い「夢十夜」ではなく「倫敦塔」が最初の漱石読書体験であるのは、ちょっと珍しいかもしれない。「夢十夜」を手にしたのは十代の終わりごろだ。家の本棚の漱石全集は、十巻めの「明暗」までしか揃っていなかったからだ。「夢十夜」が入っているのは、たしか第十三巻だった。

漱石全集が家にある、と言ったら、貸して、と言われたことがある。

わたしの本ではなく、父のものだから。いったんはそのように断ったのだが、何日かするうちにそわそわした気持ちになった。

貸して、と言ったのは、同級生の女の子だった。高校一年の冬のことである。女の子とはさほど親しい仲というわけでもなかったのだが、席替えで隣どうしになってから、頻繁に会話を交わすようになっていた。

数日間迷ったすえ、わたしは父には無断で漱石全集の中の一巻を持ち出した。

「はい、これ」と言いながら、わたしは彼女に頼まれた巻を渡した。「それから・門」の巻である。「それから」も「門」も、わたしは未読だった。少し前まで「それから　門」という、ひとつながりの題名の長篇だと思っていた。

彼女は無造作に「それから・門」を受け取った。ありがとう、でもなく、うれしいわ、でもなく、ただ「ああ」と言いながら、受け取った。

「これって、どんな話なの」とわたしは聞いてみた。無理して持ってきたつもりだったが、実際に手渡したときの彼女の反応をみると、なんだか自分の方が失礼な態度をとっているような気分になってきたのである。躊躇などせずに、すぐに持ってくればよかった。そんなふうに感じさせられ、その瞬間のうしろめたい心もちをごまかすために、聞いたのである。

「あなたはまだ、読んでないの?」彼女はそっけなく聞き返した。

「三四郎は、ちょっと、読んだ」斜め下を見ながら、わたしは答えた。うわばきの紐が半分ほどけかけている。ほんとうは「三四郎」も、最初の方しか読んでいなかった。

「面白かった?」

「うん、まあ」

ふうん、と彼女は言った。うつむいているわたしを、彼女は上からみおろしている。実際にはわたしの方が背が高かったから、彼女の顎は持ち上げられ、角度からすればわたしを見上げるかたちになっているのに、なぜだかずっと高いところから眺め下げられているような印象があった。

「ねえ、美禰子《みねこ》って、好き?」彼女は聞いた。

「え」

「里見美禰子」

美禰子の名前が出てくるところまで読み進んでいなかったわたしは、言葉につまった。けれど、「ほんとは読んでないんだ」と軽く受け流すことが、わたしにはできなかった。

「わからない」仕方なくわたしは言った。

ふうん、と彼女はまた言った。わたしは顔を上げた。ショートカットにしたくせっ毛が、彼女の首のまわりにふわふわとまつわりついている。

「美禰子のような女になるなって」

「え?」

「美禰子のような女になるなって、あたし、言われたわ」彼女はわたしの顔から視線をはずしながら、言った。そ、そう、とわたしは答えた。

それきり彼女は黙りこみ、わたしは「美禰子」の話題がそれ以上深まることを恐れて、次の時間の教科書を探すふりをしながら鞄をごそごそかきまわしはじめた。チャイムが鳴り、先生が入ってきた。

授業が始まってからも、彼女は「それから・門」の巻を机の上に出したままにしていた。日本史だったか数学だったかの教科書の下に、くすんだオレンジ色の表紙が、きりとられたように、のぞいていた。


「三四郎」をわたしがはじめてきちんと読んだのは、二十歳のころだったか。「美禰子のような女になるなって、言われたわ」という、あの時の彼女の言葉を何回も反芻しながら、読んだ。美禰子という女はわたしにとってはどうにも違和感のある女なのだが、美禰子に惹かれる男の気分や、美禰子という女に対する女自身のある種のひっかかりどころは、じゅうぶんに理解できる。

彼女に、美禰子のような女になるな、と言ったのは、いったい誰だったのだろう。父親か。母親か。兄か。恋人か。言った者によって、彼女の心もちの陰影は、違ってくる。

結局その後、彼女とは同じクラスであるにもかかわらず、口をきくことはなくなっていった。「それから・門」の巻を、彼女は持っていったきりである。ゆえに「三四郎」は全集の一巻として読んだが、「それから」「門」は文庫本で読んだ。「三四郎」と「それから」及び「門」は三部作だが、「三四郎」と後の二話の間に大きな空間があるように感じられるのは、だからきっと、読んだ本の手触りの違いのせいだ。

「それから」も「門」も、二十代のころにはよく理解できなかった。この二つの長篇を読みながら、「あっ」と体が何かを感受するようになったのは、ごく最近のことである。

（かわかみ　ひろみ／作家）

「それ以前」の漱石――世界のはずれの風

加藤典洋

二年ほど前、身の周辺に立て続けによくないことが生じ、滅入った。そういうことになると、だいたい活字が受けつけられなくなるのだが、もう四半世紀ほど前、中原中也の詩と文がわたしを助けた、そのように、その時は、必要があり手に取った『坊っちゃん』が、深くわたしを元気づけてくれた。なぜかはわからないが、『坊っちゃん』、続けて読んだ『三四郎』、『吾輩は猫である』、初期のこれらの作品、漱石の言葉、文章が、それだけ、身に沁みるように感じられたのである。

さて、結局わたしは、その年、勤めている大学で予定していた一年生用の演習の内容を急遽、「何の変哲もない」漱石の文献講読、読書会に変更し、結局その一年を数人の学生と漱石を読むのにあてた。その一年は、漱石に支えられるようにしてすごしたが、ここには、その時見つけた（と思った）もう一人の漱石、淋しい世界としての漱石の小説について、簡単に書いてみる。

これまで漱石の小説で一番好きなものはと訊かれる度、わたしは『それから』と答えてきた。

いま訊かれたら、たぶん「それ以前」、たとえば『三四郎』と言うだろう。先に述べた読書会では『猫』、『坊っちゃん』、『三四郎』と来て最後、『それから』を読んだ。続けて読んでみるとわかるが、この前の三作と『それから』の間には、はっきりと一線が引かれている。『それから』は、代助と三千代と平岡の三角関係を骨格にした小説だが、その特徴は、これを読んでいると、ここに世界の中心がある、と感じられる、ということにある。わたし達はふだん、こういうことを何とも思わないが、考えてみると、これは、不思議なことではないだろうか。

『猫』、『三四郎』、『坊っちゃん』にはこの中心感がない。別に言うと、『それから』にいたってそれまでの三作にあった、世界の中心から「はずれた」ところで物語が展開される、といった、ある「淋しい感じ」が消える。たぶんはこの中心を捉えているという感じが、近代小説の感触なのだろう。しかし今回、わたしに身に沁みるようだったのは、近代小説になると消える、このいわば繁華街からはずれた淋しい感じ、車のクランク運動にも似た、偏心性の佇まいだったのである。

わたしにとっては『坊っちゃん』も『猫』も『三四郎』も、その魅力の核はそのひんやりとした淋しさである。

『坊っちゃん』の語り手兼主人公(俺)はやたら威勢がよいから、ちょっと見ると物語の主人公のように見えるが、よくよく見ると、このヒトは余り物語に参加していない。坊っちゃんの本質は――『猫』の語り手である吾輩がそうであるように――傍観者たることにある。例の赤シャツ退治の場面でも、主人公は正義漢の山嵐で、坊っちゃんは山嵐が赤シャツに「俺は逃げも隠れもせん」と見得を切ると「俺も逃げも隠れもしないぞ」と物まね風に見得を切る。また、この小説は二葉亭四迷の『浮雲』の内海文三、お勢、本田昇からの本歌取りとも思える、うらなり、マドンナ、赤シャツの三角関係を物語の核にしているが、そこでも坊っちゃんはこの恋愛の磁場の外にあって傍観者にとどまる。ところで、そもそも若い男が主人公の小説にヒロインめいた女の登場人物が登場して、しかも主人公と彼女の間に恋愛関係が生じない、というのは、考えてみると、近代の小説にあって、かなり異様なことではないだろうか。小説の最後、東京での坊っちゃんの街鉄技手としての給料が「二十五円」とさりげなく記される。しかしこれは先に学校教師だった時の「四十円」よりだいぶ低い。語り手はよく見ると世界から少し離れたところにいる。そこにはひんやりした風が吹いているが、『坊つちやん』はちょうど月給が「十五円」減って終わる、そういう、淋しい小説なのである。

『三四郎』は、ふつう美禰子《みねこ》をめぐる三四郎の憧れと失恋の物語と考えられている。しかしわたしの考えでは、この小説は美禰子と野々宮さんと美禰子のいいなずけとして登場する男の三者からなる、三角関係の小説であって、三四郎は、ここでも世界の中心の外にあり、そのことに気づかない人物として造型されている(その意味でこの小説は主人公が当初赤シャツにだまされ、うかつにもずいぶんと長い間山嵐を誤解し続ける『坊っちゃん』の一面を引き継いでいる）。わたしがこの小説でひどく好きなのは、その最後の場面、なんだかんだいっても世界の魅力の中心を体現していた美禰子が小説の世界から去る、そのがらんどうになった世界を、残された広田先生、野々宮さん、三四郎、与次郎の四人が歩く、淋しいシーンだ。そこには美禰子の大きな絵がかかっている。小説は、その前を歩く野々宮さんがメモをしようとふと内ポケットに手をやるとその手が用済みの美禰子の結婚披露の招待状に触れ、野々宮さんがその招待状を「引き千切って」床に棄てる、そういうシーンで終わる。ここでは小説世界がいわば世界から置き去りにされているのだが、この感じ、火の消えた世界の感じが、わたしにはたとえようもなく、ひんやり、心に沁みるのである。

考えてみると、『猫』からこの『三四郎』まで、小説の核心をなしているのは、すべて男女間の三角関係である（『吾輩は猫である』では金田家の富子と寒月と多々良三平）。小説の主人公はその三角形の中心に、『猫』、『坊っちゃん』、『三四郎』と進むにつれ、徐々に近づき、とうとう『それから』にいたってその当事者になる。世界の中心と作品世界の中心はそこで一致する。それと引き換えにあの「淋しい感じ」が消える。

わたしはいくつかの村上春樹の作品から、漱石の小説に通じるものを受けとるのだが、このささやかな漱石再発見を経た後で、村上の『世界の終りとハードボイルド・ワンダーランド』

を読んで、「ハードボイルド・ワンダーランド」の部分の最後のシーンが、かつてはそうでなかったのに、いつの間にか自分に同様に好ましく感じられていることに気づいた。『吾輩は猫である』では長い一日が終わり、苦沙弥の家に集まった寒月、東風、独仙たちがいっせいに帰り始めると、「寄席がはねたあとの様に座敷は淋しくな」る、と記される。「呑気と見える人々も、心の底を叩いて見ると、どこか悲しい音がする」という感想が猫の口をついて出、その数頁先で猫は溺死するのだが、村上の小説でも最後、小説が終わりに近づくと、自分が一人だけ世界から消えることを宣告された主人公が、世界に残され、そこで買物をし、女友達と別れ、街を歩く。

自分の世界はもうそこにはない。自分が生きているのは世界のはずれだ。『三四郎』から『世界の終りとハードボイルド・ワンダーランド』まで、二つの偏心性の淋しさが、あの「充実」しきった日本の近代を、サンドウィッチしている。

そう想像することは、わたしの心を楽しませる。

（かとう　のりひろ／評論家）

記憶のなかの漱石

多木浩二

私は漱石の作品は大抵好きだが、いずれにしても、随分、昔に読んだものばかりですべては記憶である。記憶を探ってみる。

文学論もそれなりに興味深いし、『硝子戸の中』のようなエッセイも、断章かと思うと繋がっていく構成も面白かったが、やっぱり何度か読み返したのは小説だから、小説が好きなのであろう。短いものでは『草枕』の妖しく美しい風が通り過ぎるような経験。長いものだと『吾輩は猫である』や『坊っちゃん』などよりも『三四郎』以後、『それから』、『門』などに引き込まれた。ただ『硝子戸の中』については、どこかに不思議に死の感覚に触れたのを記憶している。よく病気をしたことを書いているせいかもしれないが、どうもそれだけではない。決して大げさに死を考えるというのではないが、この人の深層では生と死がどこかで絡み合っている――そんなことを思ったことがある。

小説を読んでいたときの関心は割合判然と記憶している。それらを理論的に理解するようになったのは、もう漱石を読まなくなったはるかに後のことである。

三つあった。ひとつは全体がどこか朦朧としているのだが、あるとき、ハッと気がついた。全部がある人物の視点から見られているのだ。だから影になって見えない死角がたくさんある。『三四郎』では三四郎の目である。『それから』だと代助に視点がある。もちろん語り手は漱石なのだが、漱石は三四郎という虚構をつくってしまえば、あとは人間関係も三四郎以外の人物像もみな、この大学に入り立ての青年の目を通して見えてくる。多分、それが分かってきたのはのちになってテクストなるものについて考えるようになってからのことだ。そう思って考え直すと読んだときによく分からなかった美禰子《みねこ》と野々宮との関係がすっと解けてきた。二人は愛し合っているのだ。うまくいかなかったのは野々宮がプロポーズしなかったからであり、三四郎の抱く淡い恋も漱石の小説は抜群に巧みな方法に振動のように書かれていることも分かってきた。漱石という人は随分方法を意識した作家なんだな、ということが分かった。

第二に面白かった記憶は、『三四郎』の場合だと、広田先生の口から出た言葉を通しているからあまり露骨ではないが、日露戦争後の日本の浮かれ気分への辛辣な批判をもつ漱石の視点が出てくることだった。上京する三四郎が汽車で乗り合わせた広田が何気なく言う「亡びるね」という言葉はのちのちまで私の記憶に残った。なにもしない広田には、日本が見えていた。このたぐいの言葉に最初に気づいたのは、『草枕』だった。これは結末で日露戦争に出征する青年を送って駅にいったとき、汽車がでるまぎわに那美さんが一言、「死んでおいで」と残酷な言葉を投げかけるところに非戦論者たる漱石の辛辣さが出ていたのが印象にのこった。

これが『それから』になると、三四郎より遥かに成長した代助だから、三四郎とは違って視野が広い。代助はいまでいうなら知識人(?)である。あらゆるものを見通すために、そこから一定のスタンスをとる。これは哲学に欠かせない距離だ。父親や兄の実業からも遠くにいるし、親友だった平岡の世界からも離れている。彼らは自分の損得に執着する。だから彼らには世界が見えない。代助はあえてなんの職業にもつかない。ぶらぶらしているから、その連中からは大人になれないと思われているが、事実は反対で、代助だけが日本の現在を認識している。その後、何十年かのち、広田の言ったとおりに日本は亡びた。

第三に漱石の描く女性はみんな美しいし、感性がいい。それに驚くほど受け答えがうまいし、大胆である。とくに美禰子がそうである。『それから』の三千代は、想うひとと結婚しなかったのか、そのころはそうでもなかったのか、いずれにせよ代助はプロポーズしなかった上、周旋までしている。彼の友人の平岡と結婚する。しかし平岡が実業に挫折して、東京に出て以来、代助と三千代は、おそらく結婚前からあった愛情を育ててしまう。いまでもよく覚えているのは、代助が三千代にストレートに告白するところだ。この箇所はクライマックスのない『三四郎』とちがってこの小説のきらっと閃くクライマックスだ。代助は生と死をかけた人生を探り当てる。どうなろうと、それはしかたがない。

読書は少年時代にすべきものだ。書くとは思ってもみなかったこの小文を書こうとすると、いまの思想的視野に少しずつ姿を現してくるのだ。私はいつか漱石をきちんと読むだろう。

（たき　こうじ／芸術哲学）

宗助の存在感

坂上　弘

友人に誘われてはじめて坐禅の接心といういわば集中研鑽につれて行かれたとき、『門』の宗助の参禅風景とそっくり同じものがそこにあるのを、おもしろく思った。中堅の会社員だった私と、宗助の年齢は、くらべれば私が年上だが、精神年齢でいえば三十歳前後の宗助の方がむしろ長じている。宗助には漱石という高尚な人の思考そのものが吹きこまれている。

『門』には、「要するに、彼は門の下に立ち竦《すく》んで、日の暮れるのを待つべき不幸な人であった」とあり、宗助は禅の世界に対して、くぐり入るわけでもなく、やめて出てくるでもなく、ただ寄りつけなかったという結論だった。もともと禅には門という観念はない。これを知っていてこの結論を、宗助にあたえた作者の考え方は、高見からのものである。あたかも、文明開化後の知識人は、日本の社会の発展に身を供している給与生活者というなり下り方をしている。これは日本が西洋流の近代国家社会の成立を目ざしている以上しかたがない。しかし、宗助のような一般の庶民的知識人は、そういう社会でまだ個人的救いはとうてい得られるものではない。こういう、西洋とも東洋ともつかないところへ、不幸な主人公を連れてきてしまうところに、作者の意図はあったと思える。

他人の妻を奪いひっそりと暮すという逃れの町に二人を落しこんで、そこに小春日和のような救済をもってくるのは、禅を知る漱石には出来ないことではなかったろう。『草枕』には禅気が満ちているし、明治二十八（一八九五）年に参禅した鎌倉の禅寺にて眼前に示されたものはそう不可解なものではなかったろう。俳諧にも書にも漱石の本領は癒される人間をつかんでいるところに発揮されている。それでなければ、当時の新聞読者層でもある、宗助に代表される知識層に、読まれるはずがない。しかし、『門』では、漱石は、十五年前の自らの参禅の体験をもち出して、東洋の禅の哲学も役に立たないぞと語りかけている。明治の後半にだんだんそういう傾向があったのだろうとも知らないが、漱石の考えは、人生の目標を曖昧にしておいて、どうする？ と読者にゆだねるところにあった。

私がはじめて参禅したのは、下田の山寺で、曹洞宗の寺だが、足利の臨済宗の老師にきてもらっていた。慣れるまでが大変で、宗助のように宿房を与えられ面倒を見てくれる若い僧がいるわけでもない。それに参禅の動機があるかときかれれば、はっきりしたものがない。下働きでも手伝えるかといえばこれが規矩を知らなくてできるものではない。老師との相見のとき、きみの会社の社長とは昔一緒に坐っていたが元気か、と柔和な顔できかれ、その社長は十年前に亡くなりました、と答えたが、現世の話はそれきりで、唇の厚い、陽にやけた顔に眼光炯々とした、それほど大柄ではない老師は小山のように見えた。

宗助の出会った老師は、五十格好で、「其皮膚も筋肉も悉《ことごと》く緊つて、何所《どこ》にも怠《おこたり》のない所が、銅像のもたらす印象を、宗助の胸に彫り付けた。たゞ唇があまり厚過るので、其所《そこ》に幾分の弛みが見えた」と描かれている。宗助はその相見のときに、公案をもらって考えて見るように言われる。いきなりでばかばかしくもあるようだが、役所から十日程休暇をとってきたのだから、無駄にしたくもない。

だいたい、与えられた父母未生以前本来の面目は何か、という公案と、御米と安井を天秤にかけた現実の悩みとは、宗助の中ではつながらない。禅とは要するに、いままで使ったことのない頭のつかい方である。修行とはそういうことを指している。だから時間もかかるし、実学的知識とはおよそ対極にある。全身が頭脳といえば頭脳だし、肉体といえば肉体である。頭で悩んでいることはもともと修行ではない。作者漱石に枠をはめられた宗助は、修行に専念できず、闊達さがない。

私は三日程の接心でいきなり公案をもらえたりはしなかった。次の接心に行ったとき、宗助とはちがう公案をもらったが、まああんた方は十年かかってもおかしくない、と言われた。講話には、碧巌録《へきがんろく》第一則達磨廓然無聖という講本がつかわれむずかしく、居眠りをする。次の接心で参禅しておそるおそる頭の中を開陳すると、老師は妄想だな、とニべもなくいい捨てたり、まだそんなことを持ってくるかと畳を杖で敲《たた》いた。足のわるい老師は白い足袋の近くに、竹杖を置いていた。この寺で接心のときは間もなく食事時の役割もさせられ、社会に疲弊した人間というよりは、修行のための修行という動機のうすい私には結構たのしかった。その後、三島の寺で、接心や大接心に参じて人生の無駄に気づかされるが、実際は宗助の参禅のように暗くはない。

さてこうなると漱石のつくった宗助に親近感がわいてきた。漱石ぐらい、近代的意識としての恋愛にこだわった作家はいないし、そうした男女はかわいそうなのである。漱石は、前作『それから』の代助には、モダンで、闊達で、社会的関心のたかい次世代の代表選手になれそうな西洋的知性と、かげりのある頼りない情人ぶりをつくって、それに特殊人という尊称を与え、わざわざオリジナルというルビまでふった。『門』では、英語の知識のたかい漱石は、個人主義に、インディヴィジャリズムともパーソナリティズムともルビをふれるはずなのに、エゴイズムとルビをふった。いまとなって考えてみると、宗助夫婦の方がよほど特殊な二人である。そして『門』には、めずらしく、市井にあって成就した、対立のない二人がえがかれている。

私は、社会人になって、世の中の変化にまきこまれればまきこまれる程、漱石が面白く読める。小説の出来映えを云々する必要もなくなったが、そのかわり強烈な知力が特殊性を放っているところが、壮絶にみえてくる。日本の社会との格闘をそれ程意識しなかった初期の『吾輩は猫である』や『草枕』を、欧米の友人にはすすめるが、それは、西洋がかった現代にあって、漱石の『それから』や『門』は、主人公の定まらない姿が、なまなましいからである。

（さかがみ　ひろし／作家）

『門』から覗くことができたもの

玉井敬之

野中宗助が公案にたいする見解を吐露するために老師の室の廊下に控えていたとき、「其所《そこ》には高さ二尺幅一尺程の木の枠の中に、銅羅の様な形をした、銅羅よりも、ずつと重くて厚さうなものが懸つてゐ」るのを目にする。順序がきて入室するためには、撞木《しゅもく》でその「銅羅に似た鐘の真中を二つ程打ち鳴ら」(十九の一)してからでなければならないのである。この「鐘」は「喚鐘」と呼ばれているものなのだが、私には始め何のことだか、よく分らなかった。「喚鐘」が分らなかったのではない。私が分らなかったのは、「喚鐘」と「銅鑼」とが結びつかなかったのである。「銅羅に似た鐘」から思い浮かんだのは「銅鑼鼓」というものであった。しかしこれは老師の室に独参するときに用いられるものではないらしい。「鐘」と「銅鑼」では随分形が違うではないか。「銅羅に似た鐘」という形容が分らなかったのである。

そこで禅に詳しい人、すでに参禅の体験があり居士号を持つ同僚などにも訊ねてみたのだが、やはり、ここでは「喚鐘」以外には考えられないという答えであった。それでは「銅羅に似た鐘」をどのように理解したらいいのかと重ねて訊ねると、皆首を傾げてしまうのであった。このようなことで私も一応は「喚鐘」に落ち着いたのだが、「胸の筋が一本鉤に引つ掛つた様な心」（四の十三）とでもいったようなものが残ってしまったのである。

何か引っ掛かるものを感じながら時間が過ぎていったのだが、そのうちに関心は他のものに向けられていった。そのようなときに、同志社は新島襄生誕百五十年を記念して寺町にある新島襄の旧邸を修復した。それを見にいって修復された旧邸の玄関の軒先に、直径二〇センチ程の鐘が吊られているのが目についた。青銅製の実に美しい鐘であった。裏を訪ねてきた人がこれを撞《つ》くのであろう。あるとき河野仁昭と話をしていて新島邸のことになり、あの鐘を何と呼んでいたのだろうと訊ねた。即座に河野は、徳冨蘆花は「銅鑼」と呼んでいたと答えたのである。河野仁昭は長い間同志社社史資料室長であって、同志社の隅々に至るまで詳細な知識を持っていた。河野の話ではもう一つが同志社女学校にもあって、このことは蘆花の『黒い眼と茶色の目』に出ているというのである。ただし、同志社女学校の「銅鑼」は所在不明という。

私は河野のあまりに簡単な何気ない答えにかえって衝撃を受けた。しかし、同時にすとんと何かが胸に落ちるような感じも受けた。早速、『黒い眼と茶色の目』を開いてみると、冒頭の「黒い眼」の終りのところで、京都に着いた主人公の敬二は「寺町の飯島先生の門に車を下りて、チヨコレート色に塗つた格子戸をあけて、昔ながらの狭い玄関の銅鑼を鳴らした」と書い

修復された新島邸の玄関に吊られている「銅鑼」（筆者画）

てあるではないか。これがそうだというのだ。たしかに新島邸の玄関にあるのは「鐘」であり、大きさもほぼ「喚鐘」に似合うのである。私はそのことで落ち着いた。ともかく「胸の筋が一本鉤に引つ掛つた様な心」を解くことができたのである。

注解というものはどうしても事実か何かの根拠がなければ成り立たない。それを探していくのは楽しい仕事であった。そうなると分ってきた事実や根拠を何もかも記しておきたいという誘惑にかられる。安井が「或友達の故郷の物語」として「間の土山雨が降るとある有名な宿の事」（十四の三）を宗助に語っている。漱石は何に拠ってこれを書いたのか、友人や教え子の協力で、私はこの土地の常明寺の住職であり、禅僧で俳人でもあった虚白の逸話が『甲賀郡志』にあることを知った。この常明寺は森鷗外ともつながっていくのである。鷗外研究家にとっては常識であろうが、土山は鷗外の祖父白仙が没したところであり、『小倉日記』によれば、明治三十三（一九〇〇）年三月二日小倉から上京の途次、鷗外は祖父の墓を訪ねて土山に寄り、その墓碑を常明寺に移すことを住職に託している。漱石はこのことを知っていただろうか。鷗外がもし『門』を読んでいたら、この「物語」から何かを感じただろうか。歴史には「もし」という言葉は禁物だそうだが、こういう偶然に出会い、あれこれと想像することができるのは、後世の人間の特権でもあるだろう。

『門』を読んでいて、明治末年のことでありながら不明なことが多いのに気がついた。すでに七、八十年という時間が経っていて遠くはなっているが、それでも世代という物差しからみれば、それは私の祖父の時代であり、父や母の世代の少年少女の時代なのだ。明治四十年代のことがすでに遠く彼方に隠れてしまっていること、これは常々感じてもいたのだが、あらためて今度『門』の周辺を調べているうちに強く感じたのであった。

「京都の襟新と云ふ家の出店」(二の二)というのが出てくる。「ゑり善」とか「ゑり清」「ゑり正」という店はあっても「襟新」はついに見つけることができなかった。結局は私も先学の注を踏襲せざるをえなかったのだが、気に掛かることではあったので、「ゑり善」に問い合わせた。そうするとしばらくして「ゑり善」の社長亀井邦彦氏から二、三の資料とともに丁重な返事を頂いた。頂いた手紙を読んでいると、家の歴史、店の歴史ということについてもいろいろと考えさせられたのである。「襟新」は亀井氏から頂いた手紙でも心当たりがないとのことであったが、どうやら、漱石が満韓旅行の帰り京都に寄って、「ゑり善」で半襟と帯揚げを買った頃、「ゑり善」は一つの転機を迎えていたらしいのである。私は恐縮した。

それにしても、今度の仕事には多くの方々の協力をえたことであった。その方々に深くお礼を申し上げる。

小説がある時代を反映しているものである限り、注解の作業は、時代の再現を目指すことになるだろうと私は思っている。それは先にも言ったように、時代の事実に出来るだけ迫っていくことでもある。しかしそれでいいのだろうか。私に葛藤がなかったわけではない。それよりも、ある事柄の事実に近づいたと思われるその瞬間に、曖昧な帳《とばり》のようなものが、その前にすうっと張られていると感じたことがしばしばあった。帳を覗くようにして眺めていると、その奥で何か劇のようなものが、歴史の劇のようなものが演じられているのではないかと思われるのであった。

（たまい　たかゆき／日本近代文学）

姿を変える不安

小島信夫

昨夜私は『それから』を久しぶりに読み返してみることにした。頁をくっているうちに、ずいぶんと忘れていることに気がついた。私は代助が自分のアブラののった白い肌に気分をよくして見入ったあと、寝ころがって、書生の門野と世間話をしていると、手紙がくるのだ、と思っていた。

つまり代助は、三千代を友人の平岡にゆずった。今日もまた好いことをしたあとの快よい気分にひたっているかのように思っていた。ところが全く冒頭からそんなふうにはなっていなかった。代助は夢の中で下駄が空中を動いていったり、椿の花びらが落ちたのをゴムマリが投げ付けられた音のように思ったりして眼がさめてから、じっさいに落ちていた椿の花びらを口と鼻の上にかぶせたりしている。そのうえ心臓が動きつづけていることを今さらのように感じて、ここのところを一突きされたら、それで死んでしまうのだとさえ思う。そうして、生命にこだわっている男だと作者は書いている。一口にいうと門野からみると世間に出て働くこともない、ノンキそうに見える代助が、意外にも不安をかかえこんでいるというふうになっている。積極的にそう述べられている。

それだけではない。中学時代からの友人の平岡と互いにすべてを打明けたりするのが、最高の娯楽であったので、つい犠牲を払うことになってしまい苦痛を伴うことに気づいたとあり、京阪地方へ発つ新婚の平岡夫婦を駅へ見送りに行って愉快そうに握手までして、また早く帰ってこいといった、ということさえ書いてある。これでは代助は困ったことになるぞ、と読者は感じることは当然である。

ところが作者の筆は追討をかけるように、夫婦に出す手紙のことに及んでくる。彼はヒンパンにていねいな手紙を書くが、途中で不安になって筆がとまってしまう、というようになっている。そのうち手紙が間遠になってくると、それはそれでそのことが不安になってくる。そのうち手紙を出しても出さなくても、何の苦痛もおぼえないようになってきた。……

以上の如き経過をへて現在の代助はいる。私がノンキそうにしていると思いこんでいたことは結果的にまちがいでないにしても、作者はこれだけのことを、これでもか、これでもか、と書きつらね、代助のヒミツを早々にあかしているのである。(考えてみれば、これがこの作者の常套手段なのであった。)

一口にいえば、心身の不安ということであるが、そこへ平岡と父親からの二通の手紙が舞い込んでくるのである。彼の見た夢や椿の花びらのことや、ひそかに動いているはずの生命を支える根本の機関が気になりはじめた、ということは、これから生じることの前ブレみたいなものであり、そうして前ブレというものはこんなぐあいに人間の心身を襲うものだ、と作者は信じているように思われる。このことは、今の私にも驚くほど身近かに感じられる。不安というものは、こんなような人間と人間とのあいだで起り、相手にはそれが全く分らず、それを相手に伝えるわけにも行かず、たとえ伝えることができたとしても、ほとんど無意味以上なことである。

このような心身の状況を、作者は、どこかで学んだり感じたりしたとしても、小説の一言一句がいかにもピチピチとはねる魚のように新鮮である。互いに打明けて互いに力になり合ったこと(それが彼らの娯楽の尤《ゆう》たるものであった)の結果である。この〈娯楽〉というのが、実に面白い。

この冒頭の部分を、どういうわけか私が忘れていたということを述べ、しかもこの部分が私にはいかにも新鮮であるといって、次は『門』に移ることにする。

この主人公の宗助は、日曜日妻の御米が針仕事をしているそばで寝そべって、〈近来〉の近という字を忘れたといって御米にきくところから始まる。私は中学を卒業したての頃からこの部分が、どういうわけか好きで、それは私自身が小学校の頃タタミの上に寝そべって同じようなことをしている母親のそばにいたことを思い出していたのかもしれないと思った。その頃何かの要求があってそうしていたに違いない。いずれにしても読んでいると、羨しいほどひどく幸福そうに読めてしまうのであった。

御米はその〈ど忘れ〉ぶりをいぶかしがったりすることがない。彼は日陰者の生活をしていることから、そんな有様になっているということが分るが、それでも一応、幸福の一つの型のようにも見える。ところがそれは、一種の不安をかかえこんでいることの結果だというふうに見えてくる。〈近〉という字のことをきいたのは、叔母にあてて書く手紙の文面に出てくるからである。彼は弟の小六に頼まれていながらまだ手紙を出していない。今日は休日なので重い気分で取りかかろうとしているのである。小六の学費のための金の請求である。

以上の如く彼らの静かな落ち着いた暮しぶりというのは、いくらか軽いノイローゼ的な心身の状況と無関係ではなく、それをもたらしているのは過去からの声である。それは、『それから』の代助と三千代と似たようなことがあって世間から葬られたというにがい思い出ばかりでなく、御米の先夫に対する自責の念である。罰を受けたと二人は、とりわけ宗助は思っている。それはむしろ作者の思い過しで、宗助のような男は当時でも珍しい存在であろうという谷崎潤一郎の感想もあながち不当とはいえないかもしれない。そして谷崎はそういう人物を書こうとはしなかった点が、彼の新しさであることはいうまでもない。といって宗助のような人物も、私は主流ではないかと思わぬではない。そうしてそれが不足ならば、というわけで作者は崖上の大家のところに、主人の弟に伴われた御米の先夫が姿を見せるように仕組んでいる。これには宗助もパンチを受けた。そんなバカな偶然があろうか、オレの知ったことか、とうそぶくユトリなど持ちようがない。このことは彼は御米に黙っている。私の見た芝居では、先夫が夫のルスに御米の前にまであらわれる。御米が全く知らないままであることが、原作の特徴で、宗助は冒頭から既に軽いノイローゼ気味であったので、禅門を叩く。そんなところへ行ったからどうなるものでもないということは、ほぼ宗助には分っている。多少は世間のよくする行為であるのでそうするが、ただそれだけのことで、御米はむしろ快活で、そのことをこそ宗助が望んでいることであるし、たとえ彼女が先夫の出現を知ってもその態度は変らなかったであろうと思われる。

少なくとも彼らの淋しい落着いた静かな暮しぶりは、一つの幸福のかたちのように見えるが、そもそも不幸がひそんでいるからである。こういうような人間の心身のありようを、作者はどこで学び、あるいは感じとったのであろうか。世間が罰することはなくなりつつあったとしても、それとは関係なく、人間はうそぶいて過してしまうわけには行かないように出来ていると、作者は思っていたのであろう。『それから』の冒頭の代助の不安は、一度消えかかっていたが、こんどは、この方が自然なのだといえば恰好はいいが、その自然は牙をむき出して新しい不安をかもし出した。やがて『門』の中の静かな去勢された日常的なものとなる。こうして不安というものは姿を変えても存在しつづける。こうなると一人角力《ひとりずもう》みたいなものである。こう作者は執拗に感じていたことが分る。

（こじま　のぶお／作家）

III

こころの明暗

――後期小説

津島佑子「夢の漱石」……第十三巻（月報13）一九九五年二月
中島国彦「一つの葬列――漱石の見た落合風景」……第七巻（月報7）一九九四年六月
小林敏明「「他者」という病」……【第二次刊行】第十七巻（月報17）二〇〇三年八月
高史明「『こゝろ』を巡って思う」……第九巻（月報9）一九九四年九月
山本道子「人物の重み」……第九巻（月報9）一九九四年九月
落合恵子「『M子への手紙……敢えて、の男、漱石』」……第十七巻（月報19）一九九六年一月
多田道太郎「始まりの情景」……第十一巻（月報11）一九九四年十一月
河合隼雄「漱石と女性像」……第十一巻（月報11）一九九四年十一月
古井由吉「百年の時空」……第四巻（月報4）一九九四年三月

夢の漱石

津島佑子

夏目漱石を、私は一度、見かけたことがある。と、このように言って、そのまま信じられても、私はそんな年齢ではないので困ってしまうのだが、つまりこれは夢のなかの話なのだ。

大学の階段教室に、漱石はぽつんとひとりで坐っていた。だれも漱石に近づかないし、そもそも、そこにだれかがいるとも気がついてはいないらしい。それほどに、漱石自身がまわりと完全に切り離された、孤立した空気のなかに沈みこんでいるのだ。その孤立がひとつの暗く重いかたまりになっていて、そこに閉ざされた漱石は嘆きも、苦痛もなく、一切の表情も、身動きもなく、ただ、机をまえにうつむいている。漱石はこの先も、いつまでも、そのようにして、孤立を生きつづけなければならない。

私は自分の近くに思いがけなく、そんな漱石が坐っているのに気がついた。そして、生きている人間には耐えられそうにないその深い孤立に粟立つ思いになり、泣いて同情することすら許されない苦しい、そして悲しい気持になった。

あのひとは死んだのではなく、じつはずっと生きつづけていた、長い、長いあいだ、と私は夢のなかで納得していた。たいていの人間はいつかは死ぬのに、あのひとはそれが許されなくなっている。人間の寿命を越えて生きつづけるとは、なんというさびしいことなのだろう。そして、これが孤独の本当の姿なのだ。この先も、あのひとはだれとも心を通わせることなく、あらゆる感情も禁じられたまま、ひとりきりで生きつづけなければならない。しかし、あのひとだからこそ、こんな残酷な孤立にもかろうじて耐えられるのかもしれない。

夢のなかで、私は漱石の姿に次第に見とれはじめていた。この世のだれにも知られず、ひっそりといつまでも孤立の檻に閉じこめられているその姿が、暗さは暗いまま、ある光のようなものに包まれていた。

もちろん、いくら私の見かけた漱石の姿をここで説明しても、私が気まぐれに見た、ただの夢に過ぎないのだから、あまり意味はない。とは言え、あまりにこの夢ははっきりした印象を私に残していて、漱石を本当に見かけたことがあると信じ込みたくなるほどなのだ。

十年近くもまえに見た夢だった。なぜ、こんな夢を見たのか、自分で正確に分析できるものでもないが、そのころ、「彼岸過迄」で漱石が自身の急死した娘について、父親からの手向《たむ》けとしてある一章を書いていると、なにかで知って、興味深くその部分を読み直し、それから引きつづいて、他の作品も読み直していたという、私の体験を思いあわせることはできる。それまでに読んでいた漱石の作品を、たまたま、まったく別の面から読み直すことになった、私にとっては大事な読書体験だった。

小説の研究として、作家の現実生活と照らしあわせて小説を読み解いていく方法が、そもそも私はあまり好きではない。自分が小説の書き手として、その方法に支えられた批評に一向に説得力を感じられずにいるという理由がいちばん大きいのだけれども、漱石の小説についても、その時代、その登場人物の現実感を楽しみながら、それを漱石の個人生活と重ねあわせて考えるということは、思いつきもしないままでいた。

ところが、「彼岸過迄」の子どもの死についての章は、小説の流れから見ても、ほとんど唐突で、漱石自身の経験を書いているということを知らなければ、むしろ読み飛ばしてしまう部分でさえある。漱石が父親として、自分の死んだ子どもへの手向けに書いた一章であるという以上の意味は、ここにはない。そして、そのような意味を込めた特別な章であると、随筆だったと思うが、漱石は自分でも書いている。そうなると、読者は「彼岸過迄」という漱石の小説を、一体、どう受けとめればよいというのだろうか。

私がそこではじめて気がつかされたことは、小説を書いている人間は、個人生活に起こった非常に重いできごとについて、このように責任を果たすことがありうるということだった。それは、いわゆる「私小説」についての理解とはまったく無縁のひとつの発見で、漱石が小説という仮構を徹底して意識しながら書いている作家であるという前提に立っての、いわば違和感だったのだ。

小説と随筆の区別を、小説家はぎりぎりのところまで忘れるべきではない。小説は基本的に、仮構のおもしろさが腕の見せどころなのだし、随筆は実際のできごとをどのように再現してみせるかが、本領なのだろう。しかしそうはいってももちろん、これも人間のわざなので、人間としての例外はある。その貴重な例外を、漱石は私たちに残してくれた。

私は、「彼岸過迄」の一章をそのように受けとめたのだった。小説家は小説を書きはじめた以上、どんなことが起きても書きつづけるしかない。それが小説家の責任なのだし、その内容がたとえ、例外的に小説の仮構世界から逸脱しようとも、とにかく小説として書きつづける。そして、その評価は小説家の知るところではないけれども、一方でこうした逸脱は結果として、定義づけのしにくい、文学の奇妙なおもしろさにもつながるものでもあるのだろう。

現在でもこの日本では、小説の読みかたとして、その作品がまったくの虚構か、まったくの「私小説」か、どちらかにはっきり区別しないと批評できないという傾向が強いが、私自身は漱石から教わったように、その区別を特別な例外を含めたうえで考えておきたいと思っている。漱石の書き残した小説には、そう信じさせるだけの説得力がある、ということでもあるのだ。

冒頭に述べた漱石の夢と、この私の「発見」とが直接、関係あるとは思えないが、あるいは、日本の小説の読まれかたのなかで、こうした漱石の小説家としての姿勢に、いつまでも解決のつかない深い孤立を感じて、それで私はあの夢を見たのかもしれない、と思い切って言ってしまいたくなるのも、私の正直な気持なのだ。

（つしま　ゆうこ／作家）

一つの葬列——漱石の見た落合風景

中島国彦

三日前に急逝した五女ひな子(雛子)のささやかな葬列を漱石が出したのは、明治四十四(一九一一)年十二月二日のことである。日記に「今朝九時の出棺」とあるが、「○僧は五人」云々の記述だけでは、焼香の後、早稲田南町の自宅から出棺して、すぐ落合の焼場へ行ったのか、自宅から一度寺(可能性としては、やはり夏目家の菩提寺小日向の本法寺となろう)へ行き、そこで葬儀をすませて落合へまわったかは不明である。この時の体験を踏まえた『彼岸過迄』の「雨の降る日」では、「寺では読経も焼香も形式通り済んだ。(中略)式が果てから松本と須永と別に一二人棺に附き添つて火葬場へ廻つたので」(六)云々とあり、後者のようにも思える。『彼岸過迄』構想メモを含む断片の中に、「関口水道町ノ変化」(この町名は本法寺のすぐ近くである)とか、「○子供の死。葬、火葬場、骨拾/○関口と早稲田の変りやう」という一節があり、この時の葬列に関連すると思われる記述がある。愛児ひな子の葬列に付き添いつつ、漱石の眼には自宅から歩いて一時間足らずのこうした場所の風景すらも、いつになく印象深く刻みつけられたのである。

わたくしたちも、この日の漱石と同じように、早稲田から落合まで『彼岸過迄』や日記の記述を念頭に置きながら、歩いてみよう。手元に陸地測量部の一万分の一地形図「早稲田」「新井」(いずれも明治四十二年測図、四十三年三月発行)があれば、なおよい。漱石生誕の地の近く、馬場下の穴八幡から現在の早稲田通りを西に歩む。諏訪神社の森を左手に見て(もちろん現在は建物にさえぎられて直接見えないが)、ＪＲ高田馬場駅に着く。山手線高田馬場駅の開業は、明治四十三年九月十五日だった。そこから更に西の上落合方面へは、少しずつ上り道である。現在は商店街が続くが、当時の地図では家がまばらに存在するだけだ。「雨の降る日」の「七」には、葬儀の翌日の「骨上《こつあげ》」の日のこととして、こんな描写がある。

車が暗いだら〳〵坂へ来た時、彼は又小高い杉の木立の中にある細長い塔を千代子の為に指した。夫《それ》には弘法大師千五十年供養塔と刻んであつた。その下に熊笹の生ひ茂つた吹井戸を控えて、一軒の茶見世が橋の袂《たもと》を左《さ》も田舎路らしく見せてゐた。

早稲田通りの坂が今度はやや下りになった所が、作品には「橋」として出て来る小滝《おたき》橋である(流れは神田川)。交通情報でよく「小滝橋交叉点では」として出て来る、山の手の交通の要

大悲山観音寺の供養塔
（筆者撮影）

所の一つである。「供養塔」の描写をたよりに、近くの大悲《だいひ》山観音寺《ざんかんのんじ》（真言宗）で案内を乞うと、最近建てられた寺の本堂とやや離れた所、寺の人が「奥の院」と呼んでいる所にそう言えば何かあった、と言う。寺の山門は小滝橋から一五〇メートルほど北方だが、「奥の院」は逆に南側、小滝橋の近くにあたり、直線距離五〇メートル足らずである。わたくしはそこに、「弘法大師一千五十年供養塔」と刻まれた四メートルほどの高さの四角い塔が、墓地のはずれにぽつんと立っているのを見出すことが出来た。周囲の建物は焼けたが、この塔だけは元の位置のままだと言う。側面には、「明治十六未季三月廿一日」と建立日が刻まれており、その塔を建てた檀家の人々の名前が数多く見える。現在の小滝橋付近はビルが立ち並んでいるが、当時はそこにさしかかると、この塔が見えたはずである。道からは字まで読めないので、漱石はあれは何だろうと、塔のあるやや小高い所まで出かけたのだろう。そして、地元の人々の弘法大師への思いを、刻みつけたように思う。亡き人を思う気持は、やはり同じなのだ。十二月二日の日記に同じような記述があるが、刻まれた文字（一字脱落がある）を作品の中にまで記しているのは、「供養塔」の三文字が漱石に印象的だったからではなかったか。「一軒の茶見世」は特定出来ず、その後の追跡は出来なかったが、観音寺の人の話では、このあたりは昔は井戸を掘ると良い水がよく出たが、最近はビル建設でだめになったと言う。

「雨の降る日」には、すぐ後に、橋の近くの、「坊主になりかけた高い樹」の葉の「非常に早くきり／＼舞ふ姿」が描かれる。「八」の「路の左右」の「高い欅《けやき》」の描写とともに、越智治雄氏がかつて、『彼岸過迄』の中で風景が独立した実在としての意味を持って見えてくる唯一の部分」(『漱石私論』)と呼んだ一節だが、そうした樹木のたたずまいは、もうない。そうした風景を、今さがすのは虚しい行為だろう。作品に描かれた樹木は、漱石の手で描かれると同時に生命を失い、今度は作品の中で永遠に生き続けるかのようである。

小滝橋から十分足らずで、落合の焼場に着く。現在も同じ場所に、東京博善株式会社落合葬祭場がある。早稲田通りから少しわき道に入る感じなど、昔の地図の道と全く同じである。「雨の降る日」の「八」に印象的に描かれる「孟宗藪」(「竹藪」)は見られないが、やや北側に下った所に建てられた火葬場は、「日当りの好い平地に南を受けて建てられてゐる」という表現がぴったりである。「南を受けて」というのは、南側がやや小高くなっているということに他ならない。が、それ以上に印象的なのは、その入口付近から北側に広がる眺望である。

周囲《まわり》には綺麗な孟宗藪が蒼々と茂つてゐた。其下が麦畠で、麦畠の向ふが又岡続きに高く蜿蜒《うねうね》してゐるので、北側の眺めは殊に晴々《はればれ》しかつた。須永は此空地の端に立つて広い眼界をぼんやり見渡してゐた。

現在、神田川の支流妙正寺川《みょうしょうじがわ》を隔てて目白台の高台のはずれが、向う側に広がっている。とりたてて印象的な光景ではないが、「雨の降る日」では、「晴々《はればれ》しかった」とか「広い眼界」という描写があり、鬱屈した心情を一瞬でも開放するような作用を、この光景が果たしていることがわかる。須永と同じように、葬列に付き添ってはるばるとここまで来た漱石は、その光景を「ぼんやり見渡し」たのだろう。十二月三日の骨上げの折の日記には、「其下は青い麦畠で其先が又岳《ママ》つゞきに高くなつてゐる」とだけあって、それを見た時の心情の描写はない。作品に描き込む時に、見事な修飾語句が付され、全体が作中人物の心情の動きに寄り添うように造型されているのである。「ぼんやり」は、明治四十五(一九一二)年三月七日、ひな子の百か日に、ありし日を思い起こしつつこの一節を執筆していた漱石の心情の現われかも知れない。

漱石は、作中人物が川を隔てた対岸の高台の光景を見つめる印象的なシーンを、いくつか書き込んでいる。『三四郎』の「五」で、団子坂から歩いて来た三四郎と美禰子《みねこ》が、藍染川を隔てて向こう側を見つめる場面や、『それから』の「十四」で、牛込見附から夕方に神田川の彼方の小石川台地の三千代の家付近の灯影を見つめる代助の思いを描いた場面などが思い出される。そこに共通する心情が流れていることを、改めて確認しておきたい。

漱石と同じように早稲田から落合まで歩いて来たわたくしは、そこはいくつもの坂があり、その道程に思った以上に起伏があることを見出した。『こゝろ』の「先生」が奥さんに告白をして下宿にいたたまれず、いびつな円を描きながら起伏のある町を歩きまわったのと同じように、今度は直線だが、起伏のある道を上ったり下ったりして、漱石はひな子の野辺送りをしつつ、人間そのものへの思いを繰り返し反芻していたのである。

（なかじま　くにひこ／日本近代文学）

「他者」という病

小林敏明

他者問題を一種の「哲学病」と断じたのは、たしか自らもその病に罹った哲学者の故大森荘蔵であったか。実際われわれは普段「他者とは誰か」とか「はたして他者を認識できるのか」などとことさらに問うたりはしない。他人たちと適度に心のやり取りをしながら、そこに成立する心理の網目を自明のものとし、その上にハンモックよろしくのんびりと横になっているのが常である。だが、ときにこの他人たちとの間に架け渡された網にほころびが生ずることがある。あらためて他者を問うこと、それはこのほころびと無関係ではない。というか、それは自明性のほころびからこぼれ出る、それ自体初めから「異常な病」なのだ。哲学はそれを「論理」の問題として論じ尽くそうと足掻いてきたが、その論理を支える一見単純な命題ひとつでさえ、その裏にどれほど錯綜した「心理」が蠢《うごめ》いていることか。それを思うと、たいていの哲学者による他者論など児戯に等しいとつくづく感じさせられるのは、例えば漱石の『行人』を読むときである。この作品は全編が神経の塊である。その張り渡された神経の緻密さにおいて、これに勝る作品を私は知らない。だから、書き綴ることが、そのまま書き手の胃壁を切り刻んだとしても不思議ではない。誇張した言い方をすれば、綴られた一文一文はそのまま吐瀉される血の一滴一滴に等しい。

漱石はこの作品の中で、自分の人格を物語上の主人公二郎、兄一郎、友人三沢などの登場人物たちに整理配分しながら、その間の心の葛藤を克明に描き出しているが、その心理劇の中心に位置するのは、言うまでもなく妻という他者をとらえきれず、はては自ら狂気の徴候さえ示すに至る一郎である。この物語の構造上の特徴は、他者を理解しようと苦吟する中心人物を、逆に他の人物たちが理解、推察しようと努める交錯にあるが、そのいずれもが漱石自身の分身であることを見逃してはならない。狂言回しに配されて兄を観察しつづける弟二郎、およびその役どころを最後に代理するHが漱石自身であるとするなら、その観察の対象となっている一郎もまた漱石自身にほかならない。つまりこの小説は漱石自身によるあくなき自己解剖の作品だということである。これほどの徹底したセルフ・リフレクションがすでに大正初期に成立していたということは驚きと言うべきである。

だが、このセルフ・リフレクションは、あえて他者を問うことと並んで、それ自体がすでに自明性からの逸脱であり、病であった。その行程を見事に描き出しているのが、妻への不信から次第に自らの存在そのものに対する不信、不安を露わにしていく一郎の着実な狂気への接近である。Hの報告によれば、一郎は「書物を読んでも、理窟を考へても、飯を食つても、散歩をしても、二六時中何をしても、其処《そこ》に安住する事が出来ない」という不安に駆られているという。それは「頭の恐ろしさ」ではなくて「心臓の恐ろしさ」、すなわち「人間全体の不安を、自分一人に集めて、そのまた不安を、一刻一分の短時間に煮詰めた恐ろしさ」だという。この不安は自分がその中に安住しているはずの自明性が崩れるところに生じている。一郎の場合、それが自らの研ぎ澄まされた神経によって常に意識されているがゆえに、その苦悩はいっそう激しい。彼が他者を求めてやまないのは、その崩れゆく自明性の岩盤にハーケンを打ちこみ、滑落しようとする自分を必死になって支えようとしているからにほかならない。

漱石自身に戻ろう。セルフ・リフレクションを通して漱石は自分の中に一郎という他者を見つけた。いや、それは厳密に言えば「他者」ではなくて「他性」である。精神分析ならば、これを抑圧された無意識と呼ぶことだろうが、いずれにせよこの「他性」はあらゆる自明性の奥に位置する御しがたい何ものかである。そしてこの内なる「他性」の露出とともに、いわゆる「他者」が問題として浮かび上がってくる。つまり、他者とは何かと問うことは、同時にそのように問う自分自身が自らの内に巣食う恐るべき「他性」を呼び起こしてしまうことでもあるのだ。だから、この内外のダイナミズムを主題にしえない他者論議はほとんど真相を見失っていると言うべきであろう。

もっとも、自明性が解体して「他性」が露出してくる瞬間は必ずしもそのまま狂気に至る道というわけではない。「死ぬか、気が違ふか、夫《それ》でなければ宗教に入るか」と、一郎が言葉を洩らすとき、いまだどの道とも決めかねている、そのかろうじて覚醒状態にある意識のあり方は、それこそ哲学や宗教という営為をぎりぎりのところで成り立たせてきた危ういまでの支点であるように思われる。それはアウグスティヌス、デカルト、パスカル、ニーチェ、キルケゴール等々に見られる通りである。

「兄さんは純粋に心の落ち付きを得た人は、求めないでも自然に此境地に入れるべきだと云ひます。一度此境界に入れば天地も万有も、凡《すべ》ての対象といふものが悉《ことごと》くなくなつて、唯自分丈が存在するのだと云ひます。〔中略〕偉大なやうな又微細なやうなものだと云ひます。何とも名の付け様のないものだと云ひます。即ち絶対だと云ひます。さうして其絶対を経験してゐる人が、俄然として半鐘の音を聞くとすると、其半鐘の音は即ち自分だといふのです。言葉を換へて同じ意味を表はすと、絶対即相対になるのだといふのです」。

ここに述べられているのは、自明性が解体して露出した「他性」が一旦の鎮静を得て、そこに開示した宗教とも哲学ともつかぬ、ある心的状態であるが、奇しくも近代日本はこの言葉が吐かれる直前に、もう一人ほぼ同じ問題に直面した人物を生み出したのであった。あの『善の研究』の西田幾多郎である。

「純粋経験に於ては未だ知情意の分離なく、唯一の活動である様に、又未だ主観客観の対立もない。主観客観の対立は我々の思惟の要求より出でくるので、直接経験の事実ではない。直接経験の上に於ては唯独立自全の一事実あるのみである、見る主観もなければ見らるゝ客観もない。恰も我々が美妙なる音楽に心を奪はれ、物我相忘れ、天地唯嚠喨《りゅうりょう》たる一楽声のみなるが如く、此刹那所謂《いわゆる》真実在が現前して居る」。

この二人の類似は単なる偶然というようなものではあるまい。「父母未生以前」などという公案の言葉がときどき両者の言説に出てくるのも興味深いが、それよりも彼らがそれぞれ別の道を歩きながら自明性の解体の果てに自らの内なる「他性」に直面したという事実、そのことの持つ思想史的意味は大きいように思われる。ちなみに『行人』の連載は一九一二年末から翌年の十一月まで、『善の研究』の公刊は一九一一年の一月のことであった。

（こばやし　としあき／哲学・精神病理学）

『こゝろ』を巡って思う

高　史明

『こゝろ』が脳裏に浮かぶとき、私はいつもその傍らに、影のように立ち現れてくる亡き子の姿を見る。『こゝろ』は、亡き子が生前の最後のときに、上体をのめり込ませるようにして読んでいた本なのである。子はそこに何を読んでいたのか。また何を読もうとしていたのか。子の亡き後、私は幾度となくこの問いに骨を嚙まれた。子の死は自死だった。朝鮮人の私と日本人の妻との間に生れた子は、中学生になったばかりのとき、自ら死を選んだのだった。それから二十年になろうとしているが、いまも私の脳裏には、その最後のときが、深く刻まれているのである。

『こゝろ』にのめり込んでいたとき、子の様子は尋常ではなかった。食事のときにも、傍らに『こゝろ』をおいて、そこに首を突っ込むようにしていたのである。〝いったいこの子は、何を読んでいるんだ?〟と私は思った。そして、食事が終わったときである。逃げるように二階に上がろうとしていた子の手から、つと本を取り上げたのだった。『こゝろ』には目次があって、そこに「上　先生と私」「中　両親と私」「下　先生と遺書」などの文字がある。私は表紙を開いて、それらの漢字をちらりと目にした。その瞬間、ちくりと目に痛みが走ったのを、いまだによく覚えている。が、次の瞬間、私の口からでた言葉は何であったか。

『こゝろ』は名作なんだ。そんなに急いで読まないで、ゆっくりと味わって読まなくちゃ――」私はそういったのであった。子の様子に不安を覚えていたにもかかわらず、読んでいた本が『こゝろ』だと分かったとたん、急に大きな喜びを覚えたのである。それこそ親馬鹿というものなのだろう。しかも、その喜びの根っこにはまた、『こゝろ』なら、私の方が〝よく知っている〟という思いが横たわっていたのだった。その思いが、私をして読書指導に乗り出させたのである。だが、〝知っている〟とは、何であるのか。

子は私の〝読書指導〟に対して、小さく「ハイ」と応えた。私はこの「ハイ」を、生ある限り決して忘れることはないであろう。この「ハイ」の裏側には、恐ろしい苦悩が渦巻いていたのだった。子の自死は、この「ハイ」の二日後のことだったのである。私は何も知ってはいなかったのであった。〝知る〟とは、何か。人間は言葉の知恵を通して、さまざまなコトやモノを知ってゆく。だが、それはモノそのものコトそのことから、自ら隔絶してゆくことにほかならなかったのだった。人間の〝生死〟と〝こころ〟の明暗は、まさにその証なのだといってよいだろう。夏目漱石は『こゝろ』において、その人間の深淵を深く開示しているのである。

「先生と私」に次の言葉があった。「貴方は死といふ事実をまだ真面目に考へた事がありませんね」。雑司ヶ谷の墓地を歩いていたとき、先生は〝私〟が、墓石の外形に囚われて、あれこれと批評めいたことを口にしていると、ふとその言葉を〝私〟に差し向けるのである。この言葉には、墓石の向こうにあるものを、じっと見つめている眼差しがあるといってよいだろう。あるいはまた、先生は、〝私〟が先生の自宅にしばしば訪れるようになったとき、何気なく漏らす、「私は淋しい人間です」と。この〝淋しい〟とは何か。

先生には、美しい奥さんがいた。二人は、先生の表現でいうなら、「最も幸福に生れた人間の一対であるべき筈《はず》」の夫婦なのであった。にもかかわらずこの二人の間には、目に見えない深淵が横たわっていたのである。「私は私自身さへ信用してゐないのです。つまり自分で自分が信用出来ないから、人も信用できないやうになつてゐるのです」と先生はいう。あるいはまた「自由と独立と己れとに充ちた現代に生れた我々は、其犠牲としてみんな此淋しみを味はわなくてはならないでせう」という。先生のいう〝淋しさ〟とは、自分が信じられないが故に、何ものも信じられない〝こころ〟の深淵なのであった。自然からきたものでありながら、自然を対象化して生きる人間は、その歴史を積み上げ、近代に至るとともに、ついに、この深淵に墜落しているのである。

いま一度〝先生〟に戻って考えてみよう。先生は若いとき、実の叔父によって父親の遺産を掠め取られていた。先生の淋しさは、まずはこの体験からくる人間不信に端を発している。「平生はみんな善人なんです」「それが、いざといふ間際に、急に悪人に変るんだから恐ろしいのです」という先生。だがこの〝こころ〟の深淵は、まさしく先生自身の心身の闇でもあったのだった。

叔父との葛藤をへて、先生の自由と独立の生活が始まってのことである。先生は一人の女性をめぐって、親友のKと対立することになる。Kは浄土真宗の寺の子だった。彼は人間とは何かを問い、その問いへの〝道〟に向かって、一途に突き進もうとしている男であった。彼は常々いう。「精神的に向上心のないものは馬鹿だ」と。だが、恋がKのその〝向上心〟を狂わせるのだ。先生は、そのKの恋の悩みを聞いた。すると、先生の〝こころ〟もまた狂いだすのであった。Kが恋している女性は、先生の愛する人でもあったのだった。二人は葛藤した。やがて先生はKの日頃の言葉を逆手にとって、真っ向からKを打ちすえた。Kは自死して果てる。先生は死者となったKと対面した。そしてそのときはじめて、それぞれが抱える〝こころ〟の深淵をはっきりと意識したのであった。Kの自死もまた、この〝淋しさ〟への墜落にほかならなかったのである。夏目漱石はその『こゝろ』において、この人間の〝こころ〟の闇を、外発的にはじまり、「恐らく永久に今日の如く押されて行かなければ日本が日本として存在出来ない」(『現代日本の開化』)ような開化の道に呻吟する明治の時代の闇と重ねて見つめるのである。

〝文明〟とは、まさに人間の〝こころ〟の闇と表裏なのであった。

わが家の死んだ子は、この『こゝろ』をその死の直前に読んでいたのである。彼もまた、誕生したばかりの〝こころ〟において、人間の〝こころ〟の闇に呻吟していたのではなかったか。彼はそのノートに、次の言葉などを書き付けていたのであった。

「人間　人間ってみんな百面相だ」「ひとり／ただくずれさるのを／まつだけ」「じぶんじしんの／のうより／他人ののうの方が／わかりやすい／みんな／しんじられない／それは／じぶんが／しんじられないから」

夏目漱石は『こゝろ』から、さらに『明暗』へと進みでていた。だが、わが家の子は、そのままいっきに死へと飛びこんでいったのであった。私が、まだ十二歳でしかなかった子を死へと突き落としたのである。

（こ　さみょん／作家）

人物の重み

山本道子

『こゝろ』を書いたときの漱石は四十八歳であったが、朝日新聞に連載中に持病の胃潰瘍が悪化してしばしば病臥した。漱石が胃の病におかされていたことは夙《つと》に有名である。早くは『坊っちゃん』を『ホトトギス』に発表した直後の明治三十九(一九〇六)年五月に、「胃が痛み」「慢性胃カタルとのこと」と荒正人の『漱石研究年表』にはある。もっとも小宮豊隆の『夏目漱石』によると、漱石は二十三歳の頃から胃酸過多による胃痛に悩まされていたとある。

明治二十七年には、血痰を吐いて初期の結核と診断されているし、明治三十三年から二年間のイギリス留学中は、神経衰弱に陥っていた。帰国してからも鬱状態がつづき、妻鏡子と別居したりして、一時はかなり深刻な状態になっていた。

虚子にすすめられてはじめて書いた小説『吾輩は猫である』が誕生した時点に胃痛があったかどうか定かではないが、創作の奔流は、彼の病弱な身体と鋭敏で繊細な神経から堰をきって噴出したのである。

それまでの三十七年間が、彼にとってどれだけ苦しい歳月であったか、当時の漱石がどれほど鬱然としたものを内に抱えていたか、諧謔に満ちた『吾輩は猫である』の誕生によって、ことさらに想像させられるのである。闇に鬱《ふさ》がれるものは、諧謔を弄することによって明朗であろうとするものだ。

しかし小説を書くことによって、もとより健全な心身を得られるはずもなく、彼の内面を支配している激しさと苛立ちは、胃潰瘍という顕著な病となって終生漱石を悩ませることになる。『こゝろ』は漱石の晩年の作品であるが、その頃になって彼は再び神経衰弱にも罹っている。『こゝろ』の執筆に入る前の年には、半年も強度の神経衰弱を病んでいたうえに、胃潰瘍の再発で病臥していた。『こゝろ』は胃の痛みを抱えたまま連載を開始したことになる。

身を削るほどの苛烈な漱石の意志は『こゝろ』の「先生と遺書」によって凄惨なまでに語り尽くされているのである。この小説を読む度に私はつくづく考えさせられてしまうことがある。それは「先生と遺書」の、一人称でじりじりと解きあかされていくエゴイズムへの凝視が、漱石の好んで用いた三角関係の配置によって語られながら、「お嬢さん」の感受性にわずかに希薄な部分と、不確かなゆらぎが見られるところである。

「お嬢さん」は、一部二部では奥さんとして、「私」とかかわっているが、彼女が夫である「先生」に抱く、隠遁生活に陥っていることへの謎を、漱石はさいごまでそのまま放置している。奥さんの科白に「私はとう〳〵辛防し切れなくなつて、先生に聞きました。私に悪い所があるなら遠慮なく云つて下さい、改められる欠点なら改めるからつて、すると先生は、御前に欠点なんかありやしない、欠点はおれの方にある丈だと云ふんです。さう云はれると、私悲しくなつて仕様がないんです、涙が出て猶の事自分の悪い所が聞きたくなるんです」というのがある。

この言葉から推すかぎりでは「奥さん」と「先生」の関係は妙に沈潜した味気ないものでしかないことがわかる。読者はここで、もしやこの夫婦は、愛のない結婚をしてしまったのではないかとさえ思う。恋愛を不毛な愛とする知識人の苦悩を掘り下げていけばいくほど、核とされている女への配慮が手薄に感じられてしまうのである。

「私」の視点にかかるお嬢さんと、「先生」の視点にある彼女の思惑は、完璧なほどズレがない。そして「先生と遺書」に登場する彼女に対する、「先生」を苦しめてやまないKへの嫉妬も克明にえがかれている。ことに無邪気な若い女としての「お嬢さん」は、いまの読者の目にも十分魅力的である。それだけに若い女をか弱く小さきものとして、男イコール人間の苦悩から目隠しさせているところが気になる。

たとえばKがしだいに「お嬢さん」に思いをよせていくあたりには、「先生」の嫉妬の情とあわせもって、読者は彼女の異性にたいする女としての鋭敏さをも期待するのである。しかしこれほどの人間研究の主題に迫りながら、なぜ女たちの根底にある苦悩が語られていないのだろう。

肝心の「お嬢さん」も、その母親の「奥さん」も、そして「私」の視点の先にいる「奥さん」も。しかし見事だと思う場面は、「お嬢さん」が「先生」よりもむしろKにみせる無邪気さゆえの親しみの表現である。たとえばかるた取りの場面とか、「先生」の留守にKの部屋に入り込んで二人で歓談していたらしいという場面で「先生」の嫉妬心を刺激しながら、一方では「お嬢さん」の幼さを同時に語り尽くしているあたりにそれがみられる。つまり、ここにあるのはKにたいしては、男を異性として意識する以前の女の子であって、「先生」にたいしては、なぜか自然に振る舞えなくなっているという微妙なちがいに、彼女自身気づいているという複雑さも忘れてはいない。

私が漱石の『こゝろ』に惹かれる理由のひとつに、実をいえばこの不確かにあつかわれている「お嬢さん」の存在がある。彼女は永遠に夫の苦悩から締め出されたまま生きていく女である。遺書のうえでも「先生」は依然として「奥さん」には、彼自身のエゴイズムをそのまま知られることなく葬り去りたいと願っている。

敬愛する漱石は、ここで断言しているのである。その時代の女とは、このように善くも悪くも男に庇護されるべきものであったと。現に「お嬢さん」は、Kの死にもっとも深い関わりをもちながら、真相に触れることの自意識さえもあたえられていない。まるでその埋め合わせでもするように、「先生」は自身の醜さだけをことさらに読者の面前に突きつけるのである。

精神の醜さを決してないがしろにできなかった漱石にとって、人間の身体を滅ぼす疾病は、死と生を語るうえでもっとも重要な意味をもっている。たとえば『道草』の健三とお住夫婦の気鬱症にも、お夏の喘息にも、そして『野分』の高柳の結核にも、漱石の人物たちはかならずといっていいほど精神と身体の困窮を担わされている。

漱石を読むたびに私自身、本卦帰りをしているような気分になるのは、そうした人間の構図がいたるところに読みとれるせいかもしれない。

（やまもと　みちこ／作家）

『M子への手紙……敢えて、の男、漱石』

落合恵子

M子さん。

ファックスをありがとう。今朝になってから、あなたの午前四時のメッセージに気づきました。

まったくもって、この社会は、MAN'S WORLDですね。

あなたが籍を置くアカデミズムもまた、むろん例外ではないでしょう。わたしが一応、その隅っこに登録している、ものを書くという社会もまた同じです。

いつだったか、あなたにお勧めしたマルグリット・デュラスとグザビエール・ゴーチエの対談集の中でも、ふたりのラジカルにしてエレガントな女性がこんなことを言っていた記憶があります。例によって、本がどこかに行方不明。記憶を辿るしかないのですが。

……男たちが辛うじて認める女性作家は、男たちと同じような視点で女を描く「女流」か、あるいは、男たちの前で「やんちゃぼうず」を演じてみせることができる「女流」である、と。

なにものを書くという、きわめて狭いフィールドだけの話ではないのです。男たちと同じ視点で、社会や人間関係を見ることを拒否し、「やんちゃぼうず」という媚ニケーションをも拒否した女は、この社会では往々にして孤立するしかないのかもしれませんね。意識としての、孤立です。

「男の眼鏡を借りての、媚びとへつらいの人生よりは、わたしなら、名誉ある孤立を選ぶ……」

あなたならそう言うでしょうし、あなたは実際そうしてきたのですから。その結果、あなたが、教授会のたびに、胃壁にポリープを殖やし続けるのは、とても無念なことですが……。あなたのポリープさえ、わたしはいとおしく感じてしまうくらいです。

WOMAN WHO DARED.

いつか、あなたに贈った古今東西の女たちのポートレイトを集めた小冊子のタイトル、覚えていますか?

何かに挑戦した女たちという意味なのでしょうが、わたしには、直訳した「敢えての、女」という語感のほうがなぜかしっくりきます。

どうでもいいことは、ほんとにどうでもいいのよ。でも、これ、ということに対しては決して譲らない、ブレない、妥協しない女。異議申し立てをする女。そんな女を、わたしは「敢えての、女」と呼びたいし、あなたもそのひとりだと思います。そして、そのことをわたしは心から誇りに思います。

「注意深く捜していけば、敢えての女は、少なからずいるわ」

いつか、あなたはそう言いましたね。

そう。わたしたちの周囲にも、たしかに「敢えて、の」女はいます。アーシュラ＝K＝ルグィン風にいうなら、まだ何も描かれていない片側の地図に、新しい山や川を描こうとしている女たち、女側から見える景色について沈黙を破ろうとしている女たちです。

「でも、敢えての男、っているのかしら？　たとえば主流や体制に弓を引く男にしても、男社会の一員であるという意味においては、おおかたにおいて、その、男という『身分』は保証されているのよ。皮肉なことに、彼らの高邁な自由や人権の思想は、彼の妻や恋人には適用されない場合が多かった」

あなたは、そう言っていました。

たしかに、あなたの悲観的な観点は、大方の男性に適用できるかもしれません。

ところで、夏目漱石の研究、進んでいますか？　あなたに言われて、漱石の『道草』から、むしろ年代を遡って読み直しはじめています。

……夫と独立した自己の存在を主張しやうとする細君を見ると健三はすぐ不快を感じた。動《やや》ともすると、『女の癖に』といふ気になつた。それが一段劇しくなると忽ち『何を生意気な』といふ言葉に変化した。細君の腹には『いくら女だつて』といふ挨拶が何時でも貯へてあつた。

『いくら女だつて、さう踏み付けられて堪るものか』

健三は時として細君の顔に出る是丈の表情を明かに読んだ」(『道草』)

漱石はあの時代、いち早く……といっても、そこに辿りつくまで、随分の「道草」はあったはずですが……多くの夫婦の間に横たわる溝は、夫側や世間一般にある意識……妻は夫に従うべきもの……であることに気づいていたと言えるでしょう。そうして、彼にそう気づかせた功労者として、あの「悪妻」の誉れ高い鏡子さんがいるのではないかと思います。「悪妻」や「悪女」というレッテルのほとんどすべては、男社会そのもの、あるいは男社会の論理を気づかぬままに学習させられた世間が、彼らの物差しで測ることのできない女に対して、好んで用いたがるものでしかないのですから。

『それから』の中では、彼は次のように書いています。

……代助は、最後の権威は自己にあるものと、腹のうちで定めた。父も兄も嫂《あによめ》も平岡も、決断の地上線上には出て来なかつた。

『漱石という人』(思想の科学社)で駒尺喜美さんは記しておられる、「代助の時代は、まず天皇という大権威、絶対の権威があったし、子供にとっては父が、妻にとっては夫が、絶対の権威なのでした。それはモラルの上ではもちろん、法律上もそうなっていました。ですから代助の考えは、当時の常識を破る目を見張るような新しい考えだったのです」と。

『行人』でも彼は、イギリスの作家メレディスの言葉を、一郎に引用させて、自らの中の苦悩を二郎に伝えます。

……自分は女の容貌に満足する人を見ると羨ましい。女の肉に満足する人を見ても羨ましい。自分は何《ど》うあつても女の霊といふか魂といふか、所謂《いわゆる》スピリットを攫《つか》まなければ満足が出来ない」と。

こういった漱石が描く男性像、そして彼らが求めた女性の姿勢は、当時の多数派が求め、描いたそれらとはかなりかけ離れていたと思います。そういった意味では、漱石は男性社会からの、名誉ある孤立者であり、それゆえに彼をわたしは、「敢えて、の男」と呼びたいのです。「敢えて」をなくしたら、たしかに生きやすいでしょうが、代助風に言うなら、最高の権威を他者に預けてしまうことになりますものね。

漱石の本を読むと、わたしは現代のアメリカの女性作家アリス・ウォーカーの言葉を思い出します。

……作品は、わたしの生活の副産物です。作品と生活は別だという作家たちと、わたしと一緒にしないでください」という。

M子さん。あまりポリープを殖やさないでください。あなたとは、これからも、「敢えて、の女」として、ずっと付き合っていきたいのですから。

（おちあい けいこ／作家）

始まりの情景

多田道太郎

「死病モグラ」がにたっと笑って顔を出す。えいっとハンマーで叩いてやるとひょいと穴の中へひっこむ。死病モグラがひっこむと、得たりや応と「不安モグラ」と「お芝居モグラ」とがほとんど同時といっていいくらいに頭をもたげる。どっちを先に殴ってやるか。うろうろおたおたしてしまえばあっさりゲーム・オーバーの危機。

「明暗」の始まりの三つの情景は三穴のモグラ叩きのゲームを思わせる。

第一景、医院のベッドの上。手術台の上に横たえられていた津田を襲うのは病死の恐怖である。死に至る病いではないか。つまり「死病モグラ」。

第二景、電車の中。帰りの車中、乗り合せた人たちはたがいの行方に無関心である。津田自身も彼のからだの中で起りつつある変化は予期できなかった。変化の行方を知っているのは軌道を突っ走る電車だけである。一寸先は闇という不安。つまりは「不安モグラ」。

第三景、細君の芝居がかり。津田を門前に出迎えていた細君のお延は、津田の姿をみとめるとふと顔をそらし「白い繊《ほそ》い手を額の所へ翳《かざ》す様にあてがって何か見上げる風をした」。舞台上の嬌態に似ている。雀を見ていたという身ぶりは芝居がかりの嘘のしぐさであった。津田の恐怖も不安も知らぬ気の嘘(ゲーム)の誘惑に、津田も読者もともにとらわれる。すなわち「お芝居モグラ」。

三匹のモグラが交替に頭をもたげる。まず最初の死病モグラが勝ってしまえば、あとの二匹のモグラ――不安モグラもお芝居モグラも出番はない。

「明暗」の津田、ないしは漱石はどうして死病モグラの頭が叩けたのか。結核性の細菌ならダメだけれど津田のは結核性ではないと医者が明言する。だから一安心。津田(つまり漱石)は手に持つハンマーで死病モグラの頭を叩く。

恐怖はいちおう押えたけれどやっぱり不愉快、不安感はのこる。それが第二景の電車の中の情景である。不安の心情と車中風景とが情景描写のうちに重なりあいからみあっている。津田が嘱目した車中風景は明治末大正はじめの東京市電内の新奇な気配にみちていた。乗客はたがいに無縁、知らんふりである。乗り合せたというより車内に収容されたという趣きがある。彼らの将来の運命は「軌道の上を走って前へ進」むだけの電気でうごくキカイの手に委ねられている。いわばソフトな強制収容所である。将来は誰も知らない。予告なしに何が突発するか知れない。津田は思う。このからだはどんな異変に会うか分らない。いや「精神」もいつどう変るか分らない。ここのところ津田の心のうごき、連想はとても活潑で目まぐるしい。彼の不安の心情は小説「明暗」のテーマ、およびモチーフの中核に急ぎ足で迫ってゆく。自分で自分を追いこんでゆく。

——どうして彼女(清子)はゆくはずもないところへ嫁にいったのだろう？　どうして自分(津田)は貰おうとは思っていなかった女(お延)と結婚したのだろう？——第二の穴から「不安モグラ」が頭をもたげてくる。

「不安モグラ」をネクラ気分とすれば「お芝居モグラ」はネアカ気分である。前者は「暗」の雰囲気であり後者は「明」の照明を浴びる。

お延はたいした女だ。目をそらし手をかざし何かを見上げるふりをする。芝居気たっぷりのしぐさをする。津田の不安の心情は肩すかしにあう。軽くいなされる。ネクラ気分の「不安モグラ」の頭が押えられる。かわって現在のしあわせを断乎として手離すまいとするお延の手に会話をみちびく糸の端がにぎられる。

大正の新しい女らしく、お延はどうでも芝居見物に行きたいと言い張る。津田が手術を受けるという日曜日に。

「でもあたし行きたいんですもの」

「御前は行きたければ御出な」
「だから貴方も入らつしやいな、ね。御厭？」
津田は細君の顔を見て苦笑を洩らした。

「だから」という論理の運びが笑える。津田の負け。というところで新聞連載三回分、「明暗」の始まりの情景は終る。モグラ叩きにも似た軽いリズムの文章に魅せられて、読者はゲームの、嘘の、虚構の——小説へと誘われるのである。

小説の始まりは終りの始まりでもあった。「明暗」の始まりは終りをも予感させている。小説の四十五回において、芝居見物に向うお延は俥（人力車）の動揺につれて「自分の左右前後に紛《ふん》として活躍する人生を、容赦なく横切つて目的地へ行く時の快感」を味わう。「明暗」の読者の楽しみもほぼこれに近い。この時お延の乗りものは俥であった。

津田は温泉場に行き清子と会い謎の正体をつきとめようとする。汽車に乗り電車に乗りかえ軽便に乗りうつり最後には馬車に乗せられ（百六十七—百七十二回）、まるで子供の乗り物ごっこ。軽便（鉄道）ということばの連想で津田は自分を「軽便に揺られる転地者」だと思う。今世紀はじめスイスの精神病学者のあいだで persécuteur persécuté（追跡される追跡者）ということばが使われることがあった。なぜ清子はゆくはずもないところへ嫁に行ったのだろう？　疑いと謎ときの衝動にとらわれた津田は探偵のように「転地」する。謎を追跡する津田は誰かに何かに追跡され追いつめられてゆく。

温泉宿の「大きな鏡」に映る「自分(津田)の影像」は「幽霊」のように思えた。不安ユーレイである(百七十五回)。「幽霊」のドイツ語には精神の意味もある。津田は「姿見」の「横に立つた儘《まま》、階子段の上を見詰めた」。すると清子が現われる。「鏡」に接して「階子段」がある。自分の「幽霊」(精神)の正面に清子が現われる。清子と津田との再会の場面である。不意を打たれた清子には余裕はない。硬直ユーレイとなる。小説の始まりで津田を出迎えるお延には目をそらし一芝居打つだけのゆとりがあった。小説の終りで津田と出会った清子、清子と再会した津田は正面から見つめあい、「一種の絵」のように棒立に立っている。凝固して動きを失なっている。お芝居ならここでチョーンと柝《き》の入るところ。

病・鬱・躁の三つ巴の渦巻から流れ出た男と女の二本の急流はここでピタリ動きをとめる。清子と津田の会話は思い出のゆるやかな日向水のよう。

「……津田は、俯向《うつむき》加減になつて鄭寧に林檎の皮を剥いてゐる清子の手先を眺めた。滴るやうに色付いた皮が、ナイフの刃を洩れながら、ぐる〳〵と剝けて落ちる後に、水気の多さうな薄蒼い肉が次第に現はれて来る変化は彼に一年以上経つた昔を憶ひ起させた」(百八十七回、最終回の一つ前)

ふたりの愛ではなく、死が作者を襲う。

小説の始まり――自分の病死への予感と恐怖。小説に終止符を打つのは、作者その人の死。小説の終りに至って日向水に遊ぶ清子の手に「ナイフの刃」の光るのを見る。もう謎ときはどうでもよい。これはこの世のことならず。

作者の死の予感が小説の死、終りであるような。

こんな小説見たことない。


（ただ　みちたろう／評論家）

漱石と女性像

河合隼雄

学生時代に漱石を夢中になって読んだ。私はいわゆる文学青年でもないし、本好きというわけでもないが、漱石だけは例外的によく読んだ。一人の作家の作品を残らず熱心に読んだのは漱石だけだったと思う。何か印刷物のなかに「漱」という字が見えると、ドキッとするくらい特別な感じがあった。

大学まではやはり初期の作品が好きだったが神戸工業専門学校在学中は、漱石熱に浮かされている友人との間で『吾輩は猫である』の文をもじってギャグの応酬をしたりして楽しんでいた。ところが友人達と文学論などをやりはじめると、「漱石なんかは本当の文学ではない」とか、「文学の神様」のような人が他に居ることがわかったり、こちらは口惜しいけれどカッコーのいいことは言えないので、他人が何と言おうと好きなものは好きだと心のなかでつぶやいているだけだった。

漱石の作品だけでなく、小宮豊隆や森田草平の『夏目漱石』を読んだり、漱石の弟子だというだけでその人を好きになって作品を読んだり、というわけで、相当な漱石病になっていた。そんなこともあって、最近になって『中年クライシス』という書物を上梓したときは、中年の問題について、柄にもなくいろいろな文学作品を取りあげて論じたのだが、そのときどんな作品を選ぶかに迷いつつ、ともかく、『門』に始まって『道草』で終る、と、最初と最後に漱石の作品を用いることだけは前もって決めていた。そして、この選択は非常によかったと我ながら思っている。

それにしても、どうしてこれほどまでに漱石が好きだったのだろう(今も好きだが)。既に述べたように友人たちは漱石より、もっと文学的であるという作家を推薦してくれ、時にはそれらに目をとおしてみたが、私にとっては漱石ほどオモシロクなくて、読み続ける気持になれなかったのだ。これはどうしてなのか。

今思い返してみて、自分なりに考えるところを記すと、何と言っても漱石の作品中に生じる女性像の変遷に魅せられていたのではないか、ということになる。『草枕』や『三四郎』に出現してくる、把え難い、不可解とも言える女性像が、それらに続く作品のなかで変化していって、最後に『明暗』に現れる清子という女性像は、一種の理想像とさえ言えるようになっている。漱石が晩年に提唱した「則天去私」との関連をさえ感じさせる女性像である。

具体的に女性像のことを先に述べてしまったが、このように女性像にこだわることについて、もう少しつっこんで考えてみよう。私は漱石という人は、当時の他の知識人と比較して、より深くヨーロッパの文化に接した人ではないかと思っている。文明開化の時代に、人々が和魂洋才に力をいれているとき、漱石は、西洋の魂の方に魅せられたのではなかろうか。彼はそれを日本に持ち帰ろうとした。それこそが彼の留学の成果であった。

いざ帰国してみると、事はそれほど簡単ではなかった。日本と西洋とあまりにも異質な文化を共存させることは、ほとんど不可能に近い。日本人はそのような葛藤を上手に避けて和魂洋才などという方便を考え出し、葛藤をほとんど意識することなく生きている。漱石は自分が触れてきた西洋の魂を日本人に伝えるのに、ほとんど絶望したのではなかろうか。その上、彼自身が自分を深く追究してゆくと、自分が日本の魂を持っていることを認めざるを得ない、と感じたのではなかろうか。彼の心の中の葛藤は強く、周囲の日本人たちと表面的には共存してゆきながら、どこか居心地の悪さや、不安を感じて生きていたと思われる。

ところで、ここに西洋の魂などという表現をしたが、そもそも魂などというのはつかみどころのない存在で、見ることも触れることもできない。そのように魂そのものはその存在さえ不明だが、男性にとって魂は女性の姿をとって顕現してくることが多い。というのが、C・G・ユングの考えである。男性にとって女性はアニマ・イメージのキャリヤーである。この事実は激しい恋愛感情の存在を説明してくれる。魂に対する激しい希求の感情が魂のイメージのキャリヤーとしての女性に向けられる。それとの「合一」のためには、あらゆる手段を講じても、という気持になってくる。このような考えに従ってくると、女性のことを語るのは、男性にとって魂のことを語ることになる。

私は「丹波篠山」と日本の田舎の代名詞に使われるようなところに生まれ、日本の土と堅く結ばれている。ところが、どうしたわけか、子どものころから西洋の魂に魅せられていたようである。困難を感じながらも、西洋とのつながりを求めて苦闘していた。と言っても、今だからこんなことが言えるので、当時はそれほど自覚はしていなかった。

しかし、このような認識の上に立つと、私が青年期に漱石にあれほども心を惹かれ、特にその作品の女性像の変遷に興味をもったことが了解されるように思う。他の日本の作家たちは、当時の私にとって、あまりにも日本的すぎたのだと思われる。

女性を男性のアニマ・イメージのキャリヤーと考える態度は、西洋のロマン派の小説に典型的に示されている。青年時代、私は確かに西洋のロマン派の文学や音楽に心を奪われた。しかし、それは自分にとって夢のまた夢という気がしないでもなかった。それに比べると、漱石の作品に登場する女性は、もう少し身近に感じられた。『三四郎』『それから』『門』と続く作品のなかの女性像に注目してみよう。西洋のロマン派の作品が、アニマ像に対する激しい憧れと、合一に至るまでの苦しみや葛藤、戦いなどに焦点を当てるのに対して、『門』に至っては、むしろ合一の後の居心地の悪さの方に焦点が向けられている。

本来なら他者と結ばれるはずの人、あるいは結ばれていた人、と結ばれることによって、常に感じていなければならない不安、居心地の悪さということは、漱石の作品のなかの重要なテーマである。これを、西洋の魂に触れざるを得なかった漱石の内的体験と重ね合わせて考えるのは、あまりにも牽強附会であろうか。

このような経験を踏まえて、最後に出現してきた『明暗』の清子は、漱石が晩年に到達した心境を描くものとして極めて重要なイメージであることが了解される。

（かわい　はやお／臨床心理学）

百年の時空

古井由吉

これも昔の話になるが、作家として駆出しだった私をさる友人がはげまして、「行き詰まったら、まあ、漱石を読むさ」と、なにやら楽しそうに言ったものだ。なるほど、漱石の作品ははるか後の世の作家の心を、楽にさせてくれるところがあるかもしれないな、と私ははげましの巧みさに感心はしたが、また一方では、たしかに私の先々を慮る善意から出た助言には違いないけれど、私のまもなく行き詰まるのを見越して、そこへ漱石の作品をあらかじめあてがって眺めるような、仕掛けのありげな言とも聞いた。

はたして数年と経たぬうちに、私は自分でも先刻予測していたことなのでおもむろに、用心しつつ行き詰まり、そして友人の暗示に従って、これも用心しつつ漱石を読み返すことになり、そこであらためて、あの男——とは例の友人のことであるが——よくも見ていたな、と苦く感心させられた。ここに一人の若い作家がいて、表現欲には相応に駆られ、とりあえず小説というかたちにつき、かろうじて小説らしきものを書いてはいるが、はたして自分は小説家の資質であるのか、小説にはおそらく不可欠と思われる老獪なる甘味、あの通俗性をほんとうに我身にひきうける了見はあるのか、とそんな疑いを払いのけられぬ者だとして、行き詰まれば漱石、漱石とて以前読んだ覚えでは作家としてずいぶんむずかしいところのある人のはずだが、それにしてもあれだけひろく長く愛読された小説家であるから、せめてその秘訣の一端にでも触れたいものだ、と殊勝なる心がけで読み返そうものなら、まずたちまち、それまではどうにか束《つか》ねてきたところの迷いを、あらゆる意味で、「解放」させられる。

小説など、あまり不自由ならば、壊してしまいなさい、という声を聞いたのだ。それも、いわゆる小説などは書いてやるものかというつらがまえの「吾輩は猫である」や「草枕」からならばまだしも、小説への義理立てから心身を磨り減らしているようにも読める「こころ」や「明暗」から、根の声として聞えてくる。しかもそれが漱石の小説の、小説らしさの、秘訣であるように感じられたのだ。

それよりももうひとつ過激な声が、「倫敦塔」や「幻影《まぼろし》の盾」や「薤露行《かいろこう》」や「一夜」からも、私の耳に伝わってきた。その声は、現在の時間空間につくようでは、百年の時空は表現できない、と宣告しているかのようだった。百年という言葉が「漾虚集《ようきょしゅう》」中の作品にあったかどうか、私は思い出せない。思い出せるのは、「夢十夜」の中の百年である。それにもかかわらず、百年なる言葉が「漾虚集」のキイワードであるような気が私には今でもしてならない。百年とは、一身の生涯を、一身に与えられた時間を超えたところから見ずにはいない心性が、要請する言葉だ、と私は理解する。死後、あるいは生まれる前までひろがっているが、しかし一生という時間である。自然主義の一生とは異なる。そしてこの百年を表わすためには、人はおのれをまず石の牢のごとき、時空の中に閉じこめなくてはならない、と若い私がそう感受したとき、それは作家として、「危険思想」になりかねぬところだった。行き詰まった私が分をも弁えず、粗忽にも無時間の隧道《すいどう》の中へ突っこんでいくのではないか、と例の友人もひそかに、おもしろがっていたのではないかと思われる。

しかし私にも平衡感覚はある。剣呑なほうは避けて、これも剣呑でないことはないが、「夢十夜」の透明なる《非現実》を楽しむことにした。私がつくづくおもしろいと思って読んだのは、第八夜の夢、床屋の場面である。漱石には「草枕」と、それから晩年の「硝子戸の中」にも、床屋の場面を描いて印象深い箇所がある。何事かなのだろう。

この第八夜は鏡の夢、鏡の中に戸外《おもて》を眺める夢でもある。鏡に向かって坐るその背後に窓がある。散髪を受けるということは「草枕」の場合と同じく、おかしな窮地になるわけだが、それが「草枕」では戸外の春風駘蕩の景色の中へ心をひろげたのにひきかえ、ここでは一種の観覧自在の境に人を置く。この自由が、そのままに、不自由なのだ。豆腐屋が通る。喇叭を吹くその頬が蜂にさされたようにふくれている。

——膨れたまんまで通り越したものだから、気掛りで堪らない。生涯蜂に螫《さ》されてゐる様に思ふ。

芸者が来る。誰かに出会って立話しをはじめたらしい。その起き抜けの面相がよくよく見える。しかし、

——相手はどうしても鏡の中へ出て来ない。

あぶねえ、と大声が表で立って、床屋の白い上っ張りの袖の下に、自転車の輪が見える、人力車の梶棒が見える。すると、振り向きかけた頭を床屋が押えて、うんと横へ向ける。

——自転車と人力車は丸で見えなくなつた。

これだけの例なら窓の眺めのもどかしさとしては自然であり、語りの妙は、滑稽なる《残念》を表わす、口調と間合いにあると言える。それでは、これはどうか。鏡の角を横目で精一杯にのぞきこむようにすると、帳場格子のうちに女が一人坐っている。顔立ちも、髪の結い方も、着ている物もはっきり見える。立膝のまま、十円札らしい札を勘定している。札の数え方がいかにも早い。しかし札の数はどこまで行っても尽きそうにない。

——膝の上に乗つてゐるのは高々百枚位だが、其百枚がいつ迄勘定しても百枚である。

繰り返して数えているのではないようなのである。札の数は尽きないが、百枚は百枚、と先刻わかっている。

「旦那は表の金魚売を御覧なすつたか」

これは床屋の声、「洗いませう」のほかは篇中唯一の、他人からの話しかけである。見ない、と《自分》は答えて、話はそれぎりになる。ところが代金を払って表へ出ると、門口の左側にその金魚売りがいる。並べた桶の中にさまざまな金魚も見える。金魚売りは金魚を眺めたまま、頬杖を突いてじっとしている。鏡の中の像ではもはやないのだ。さきほどは粟餅屋の、小杵の音ばかりが聞えて、姿は一向に鏡の中にあらわれないのを、ちょっと様子が見たい、ともどかしがった。

——けれども自分が眺めてゐる間、金魚売はちつとも動かなかつた。

夢の構造はまた何かの構造である。この現実と非現実の相互干渉は、一切を現実の中へ押し上げようとする晩年の、「道草」にも「明暗」にも、いわば真剣の切り詰まりかたでもって、露われているのではないか。

（ふるい　よしきち／作家）

Ⅳ

小説から離れて

——詩、翻訳、文学論

荒川洋治「赤いぜんざい」……第八巻（月報8）一九九四年七月
井波律子「「異界」と現実」……第十一巻（月報11）一九九四年十一月
三木卓「修善寺の大患雑感」……第十二巻（月報12）一九九四年十二月
平出隆「『漾虚集』と『孔雀船』」……第二十巻（月報23）一九九六年七月
谷川恵一「趣味の翻訳」……第二十一巻（月報27）一九九七年六月
島内裕子「alone in this world――若き日の漱石と『方丈記』」……【第二次刊行】第二十六巻（月報26）二〇〇四年五月
富岡多恵子「講義を読む」……第十二巻（月報12）一九九四年十二月
柄谷行人「漱石とカント」……第十六巻（月報14）一九九五年四月

赤いぜんざい

荒川洋治

明治、大正の文人の多くがそうであったように漱石も中国の詩文に通じていた。編数は多くはないが実際に漢詩をつくりもした。漱石の場合はその漢詩ではなく、散文を通して日本の詩のひとつの構えを示してくれたように思われる。

漱石の「京に着ける夕」という短い文章。春寒の時節に、京都へ行ったという話である。「唯さへ京は淋しい所である」とのっけからいう。淋しいと感じる理由は京都が、どこもかしこも昔のままであるからだそうである。「生きて千年に至るとも京は依然として淋しからう」。普通なら過去のものが残っていれば、よりどころになる。淋しいというからには漱石の心に何か異状があったのだろう。

漢詩漢文には、千年なり、百年なりの語彙は、ここかしこに顔を出すからさして特別ではないが、歴史の積み上げられた場所を好む人々の習いからすると、いきなり京は淋しいという発声は唐突だろう。漱石は逆を行ったと思えばいいのだろうか。そういえばまだある。

同じ文章の、京都とはすなわち、ぜんざいだというくだりである。なんでも何年か前に、いまは亡き正岡子規と京都を歩いたとき、どこやらの店の「赤いぜんざいの大提燈」が目に入ったらしい。

ぜんざいは京都で、京都はぜんざいであるとは余が当時に受けた第一印象で又最後の印象である。

漱石の心がどんな状態にあったのかはともかく、淋しい思いにとらわれていたことはこれだけの文章からも十分に伝わってくる。すてばちな気分になっていたようだ。子規との思い出がこの町のすべてだと感じる漱石にはそれ以上、京都について付け加えるものはなかったということだろう。そのゆえに「赤いぜんざい」の文字は、京都全体を表すまでのものにされてしまうのである。実はこの文章はそのあと漱石の得意とする漢語調のいい回しをつらねていくのだが、結局、京都はこのぜんざいの赤い文字に尽きるという気分をあらためることなく「余は幾重ともなく寒いものに取り囲まれてゐた」で終わる。この作品は漢文的表現を土台にした散文詩といえるものだが、これをかりに漢詩と見立てても従来のそれとは異なる仕立てである。まず起承転合が無視されている。最初から理由も示さずに淋しい、として、それが最後までつづく。起承転合の面からも破格である。京都という歴史の町を、個人の気分と視覚で裁断し、それですませるのだから、内容的にも思い切りがいい。「赤いぜんざい」の文字は一般的情緒を無視した分だけ印象を強めることになった。だがこうした主観的な知覚がこの作品を生きたものにしている。当時の人にどう見えたかは見当がつかないが、いまもつかみにくいものかもしれない。

大きな赤い日であつた。それが又女の云つた通り、やがて西へ落ちた。赤いまんまでのつと落ちて行つた。一つと自分は勘定した。

（「夢十夜」第一夜）

「一つと自分は勘定した」という一文は、身震いするほど急激なものだ。日が西の空に落ちるようすを散文的な節句で処理したあとのこの一文は、傾斜の激しさでこの文章の論理と方向を決定的にする。語の息づかい、配置、律格は、漢詩を引き継いだものかもしれないが、全体には、そこから一歩飛び出した印象がある。散文でも詩でもない、のではない。詩と散文を合わせた日本語の全体で押してくるという構えである。のちの内田百閒《ひゃっけん》を別とすれば、自由詩の詩人たちの作品にさえ求めにくいものだろう。

極秘の愁《うれい》、夢のわな、――君が腕《かいな》に、
痛ましきわがただむきはとらはれぬ。

同時期の詩界の前線にいた蒲原有明《かんばらありあけ》の作品「茉莉花《まつりか》」の一節である。少しのおもしろみもない。「極秘の愁、夢のわな」では旧態依然の漢詩に伍するもので、この方向では日本語の活力を弱めていくしかない。いっぽう漱石の「詩」は日本語の全体だけではなく、作者の全人格が集中したとおもえるほどの詩的緊迫感にみちている。実体として詩がある。存在する。

また漱石の幻想的小品の味わいの一つは、笑いにある。彫刻をする運慶の姿に感心していると、なんだいあんなもの、彫刻というのはそのもととなる木のなかにすでにその形が埋まっていて、それを掘り出すだけなんだよと教えられる話(第六夜)。船から身を投げたが、その船はたいそう背丈のあるものだったらしく、なかなか水面に落ちないという場面(第七夜)。「自分が眺めてゐる間、金魚売はちつとも動かなかつた」という、ほとんど何もうったえない不思議な終結(第八夜)。子供をあやしながらするので、気がちって「お百度の足が非常に早くなる」母親のようす(第九夜)などはいずれも奇想の部類であるが、この笑いには人生に対する迷いや怖れとは別に、新たな現実をつくりだす積極的な気配が漂っている。またここに示される情景は、意味で割り切れるものではない。そのままその情景をまるのみにするしかないものだ。しかも一度のみこむと忘れようもない重みをにじませている。

そしてこれらの不思議な情景をつくりだしてくれるのは、多く庶民であることが親密さをまし、作品を盛り立てていることに注意したい。当時の詩が知識人の関心にもっぱら傾いていくのとまるきり別の方向だ。開かれている。漢詩のもつ表現の緊密さあるいは誇張性といった基本の上に、何かだいじなもの、詩人格といえるものが加えられ、漢詩人の遊び心とも、また象徴派詩人の言語崇拝とも無縁の形勢で筆をすすめている。「夢十夜」は日本の詩それ自身が見た、一瞬の夢であったのだろうか。

当時の詩の世界は、漢詩的な思考や世界認識を一挙に閉め出す点に狙いを置いたが、詩ではなくて散文世界のなかで伝統の詩法を動かして、重厚な詩が生み出されていることに詩人たちは気づかなかったようだ。ことに第一夜と第六夜の完成度は比類のないものだ。その後の近代、現代の詩人たちの詩作品はこの語法と構成力にどれだけのものを付け加えることができたのか。漱石の詩的散文を、詩の歴史に即して取り扱う例はいまだにないようである。

ぼくは漱石のこうした作品を見るたびに、詩というものは結局なんなのだろう、詩といわず、表現の一つの形式が時計の針をすすめていくことにどんな意味があるのだろうと思い、わかっていたはずのところまでがわからなくなってしまうのである。詩と散文の区割りの進行が、詩人漱石の姿をかすませたとしたらそれは正しいことだったのだろうか。少なくとも、現代までの長い詩の歴史が漱石の数編の「詩」を「赤いぜんざい」の文字を、のみこみえたとは思えないのである。

（あらかわ ようじ／現代詩作家）

「異界」と現実

井波律子

先日、青木玉著『小石川の家』という本を読んだ。幸田露伴が女子大に通っていた孫娘(著者)に学校で何を習っているのかとたずね、彼女が『十八史略』だと答えたところ、露伴は目をむき、「お前、十八史略なんざ、俺は五つくらいの時焼き薯《いも》を食べながら草双紙やなんかといっしょに読んだが、お前の大学はそんなものを教えるのか」とあきれ返ったという話がみえ、たいへんおもしろかった。

夏目漱石は、焼き薯を食べながら『十八史略』を読んで育った幸田露伴と、まったく同年の慶応三(一八六七)年の生まれである。漱石の漢文体験もまた、子供の時に湯島聖堂の図書館に通って、荻生徂徠の『蘐園十筆《けんえんじっぴつ》』を書き写したと、自ら述べていること(「思ひ出す事など」六)からみて、露伴に勝るとも劣らぬ早熟なものだった。子供、といっても少なくとも十代の後半まで含む広い意味での「子供」ではあろうが、ともあれそんな若さであの佶屈《きっくつ》な文章を筆写するなど、現代の日本人の漢文水準から見れば想像を絶するというほかない。こうして血肉と化すまで深く漢文に馴染んだことが、漱石の文学にどれほど大きな影響を与えたか、測り知れない。

考えてみれば、そもそも「漱石」という筆名からして、中国の古典、すなわち魏・晋の時代の名士の逸話を集めた『世説新語』にみえる話から、とられたものである。西晋の孫楚《そんそ》という人物が隠遁の決意を友人に告げるとき、「枕石漱流(石を枕とし、流れで口を漱《すす》ぐ)」と言うべきところを、つい「漱石枕流(石で口を漱ぎ、流れを枕とする)」と言い損なってしまった。まちがいを指摘されると、意地っぱりの孫楚は、「流れを枕とするのは耳を洗うためだし、石で口を漱ぐのは歯を磨《みが》くためだ」と、言いはったというものである。

漱石は、この典故を十二分に活用して筆名とし、悪戯っぽく自ら「意地っぱり」であることを、標榜したことになる。ちなみに、明治二十三(一八九〇)年、正岡子規あての手紙に録された五言古詩に、

石に漱ぎて又た石に枕し
固陋　吾が痴を歓ぶ
君が痾は猶《な》お癒《いや》すべし
僕の痴は医《いや》すべからず

という一節がある。子規の結核は治癒するだろうが、むやみと片意地な自分の愚かさだけはなおらないというのだ。ここで「漱石枕石(石に口漱ぎ、石に枕す)」と、ユーモラスに石のイメージを重ね、もともとの孫楚の「漱石枕流」より、いちだんと自らの「固陋」ぶりを誇示しているところが、なんとも秀逸である(むろん押韻の関係もあるのだが)。

明治三十三(一九〇〇)年から三年におよんだ英国留学を機に、漱石はこうして折につけて作り続けた漢詩の筆を折った。その制作が再開されるのは、十年を経て、修善寺で大吐血し九死に一生をえたあとである。英国留学中に準備された『文学論』の序において、漱石は「翻つて思ふに余は漢籍に於て左程根底ある学力あるにあらず、然《しか》も余は充分之を味ひ得るものと自信す」と記し、のちに学んだ英文学より、幼いころから親しんだ漢籍に対する共感のほうがはるかに強いとした。漢詩制作の十年のブランクは、あるいは、自らの文学的原体験としての漢文的あるいは漢詩的世界から、いったん身を引き離そうとする意志のあらわれだったのかも知れない。

とはいえ、漢詩を作らなかった間に書かれた小説にも、漢文ひいては中国文学の影がくっきり映っているものがある。たとえば『夢十夜』。私ははじめてこの作品を読んだとき、直観的にこれは『捜神記《そうしんき》』だと思った。『捜神記』とは、四世紀末、東晋の干宝《かんぽう》が編纂した怪異譚集である。なかでも『夢十夜』の「第三夜」は、負った子供が異形の者に変化する話だが、『捜神記』にも幽霊を背に負う印象的な話（巻十六、「宋定伯」）が収められている。むろん『夢十夜』はきわめて完成度の高い作品であり、稚拙なフォークロアの趣をもつ『捜神記』とは、とても同日に論じられないのだけれども。

怪異な話といえば、『永日小品』に収められた作品にもすばらしいものが多い。異様な行列が目前を通りすぎる顚末を描き、「宅《うち》の小供は毎日母の羽織や風呂敷を出して、こんな遊戯《いたずら》をしてゐる」と結ぶ「行列」や、亡母が自分を呼ぶ声をはっきり聞いたが、実はそれは近所の老婆が「十二三になる鼻垂小僧」を呼ぶ声だったとする「声」などは、その最たるものだ。ただ、これらの話は、異界へ滑りこみそうになった瞬間、現実世界にひきもどされるという構成をとるところが、『夢十夜』と大いに異なる。

さらにまた、『草枕』の物語構造が、これまた東晋の大詩人陶淵明《とうえんめい》の「桃花源記《とうかげんき》」を踏まえて構想されていることは、すでに論者が指摘されるとおりである。ちなみに漱石は、「菊を采《と》る東籬《とうり》の下、悠然として南山を見る」と歌った、自覚的な隠遁詩人陶淵明を大いに好み、漢詩はいうに及ばず著作の随所で言及している。このほか、漱石は、前漢の劉向《りゅうきょう》の手になる仙人たちの伝記『列仙伝』も、ずいぶんと気に入っていたようである（「思ひ出す事など」六）。

洞窟や穴の向こうに広がる、現実とは次元を異にする世界を訪れるという点では、「桃花源記」は明らかに、中国古典小説に枚挙に遑《いとま》がないほど見られる「仙界訪問譚」のヴァリエーションの一つにほかならない。『草枕』の主人公は、仙界ユートピアを思わせる山間の里を訪れる。だが、この仙界は陶淵明の桃花源とは異なり、そこに住む美女のところに別れた亭主が無心にやって来たり、美女のいとこが兵役に赴いたりするなど、ドンドンなまぐさい現実が入り込んで来て、けっして仙界として完結しない。これは、『永日小品』の作品世界が異界に滑りこむ瀬戸際で、現実に回帰するのと同質の構造だといえよう。漱石は、怪異譚や仙界訪問譚など、異界を志向する中国的な物語幻想の枠組みを、しばしば好んで用いたけれども、『夢十夜』をのぞいて、けっきょく現実の侵蝕をうけ、異界が消滅することで、物語を終わらせるのである。

一方、十年のブランクをおいて、修善寺の大患以後、「実生活の圧迫を逃れたわが心が、本来の自由に跳ね返つて、むつちりとした余裕を得た時、油然《ゆうぜん》と漲ぎり浮かんだ天来の彩紋である」(「思ひ出す事など」五)として、堰を切ったように作られた漢詩の場合はどうだろうか。漱石は晩年しきりに山水画をかいた。大患以後の漱石の漢詩もまた、一種の絵だったように、私には思われてならない。漱石は絵筆を動かすように、平仄を合わせ言葉を選んで、自然と人間が混然と融和する夢の小宇宙をえがきつづけた。そういえば、『草枕』の仙界を訪れた主人公も画家であった。小説『草枕』の仙界は完結しなかったけれども、漱石晩年の漢詩にあらわれた異界は、けっして消滅することも破綻することもなかった。漢詩の強固な型、様式の枠組みが、漱石の見果てぬ夢をしっかりうけとめ、完結させたということであろうか。

（いなみ りつこ／中国文学）

修善寺の大患雑感

三木　卓

この文章を書いている一九九四年は大変だった。五十八歳のわたしは一月心筋梗塞の発作に襲われ、三月に手術を受け、四月に退院した。この十月の半ば、そのようすを書き上げて出版社に渡したところだが、結局この一年は病気に明け暮れたということである。

月報を依頼されたのは、そのあとである。何を書かせてもらおうかと考えたが、そのとき〈修善寺の大患〉で苦しんでいた漱石はどんなことを考えていたのかを、今、知りたいと思った。しかし日記や書簡は、肝腎なところは本人は書けなかったわけである。するとまだ中学生だったころ、改造社の円本だったと思うが、そのときの漱石自身の回想の文章を読んだ記憶がよみがえってきた。こうしてわたしは『思ひ出す事など』を再読することになった。

しかしそれははるか昔である。瀕死の漱石の前で、医師たちがドイツ語で絶望的なことをいっているのを漱石がちゃんと聞いていた、というくだりぐらいしか覚えていない。だからほとんど初読だった。

漱石が持病の胃弱を悪化させたのは明治四十三(一九一〇)年、この年の六月長与胃腸病院に入院加療したが、好転したので修善寺に湯治に出掛けたところ、そこで八月二十四日大吐血をして危篤状態に陥った。懸命の治療を施した結果、窮地を脱する。これが世にいう修善寺の大患であるが、漱石四十三歳のときのことだった。

来るとすぐに具合が悪くなったので、東京の胃腸病院の医師と妻を迎えていたが、そのことが幸いした。八〇〇グラムという大量の吐血をしたときには、すぐに処置できた。漱石は意識を失うが、この間に医師は十六筒もの緊急注射を打ち続けた。もう一度同じような吐血があれば生命はなかった。

わたしがもっとも共感したことは、やはりその意識の失い方である。漱石は三十分も意識を失っていたにもかかわらず、そのことに気づいていなかった。

(前略)其間には一本の髪毛《かみげ》を挟む余地のない迄に、自覚が働いて来たとのみ心得てゐた。程経《へ》て妻《さい》から、左様《そう》ぢやありません、あの時三十分許《ばかり》は死んで入《い》らしつたのですと聞いた折は全く驚いた。(中略)妻《さい》の説明を聞いた時余は死とは夫程《それほど》果敢《はか》ないものかと思つた。さうして余の頭の上にしかく卒然《そつぜん》と閃《きら》めいた生死二面の対照の、如何《いか》にも急劇で且《かつ》没交渉なのに深く感じた。何《ど》う考へても此懸隔《かけへだ》つた二つの現象に、同じ自分が支配されたとは納得《なっとく》出来なかつた。よし同じ自分が咄嗟《とっさ》の際に二つの世界を横断したにせよ、其二つの世界が如何なる関係を有するがために、余をして忽《たちま》ち甲から乙に飛び移るの自由を得せしめたかと考へると、茫《ぼう》然《ぜん》として自失せざるを得なかつた。

わたしは今度の病で二度意識を失った。その前にも一度そういうことがあって、この四年ほどの間に三回意識を失っている。そのときの気持はさまざまであるが、基本的にこの漱石の思いと変わりはない。また漱石はとても適切な書き方をしているので、今目の前で語られているような気がする。〈如何にも急劇で且没交渉〉などという言葉は身に染みる。

わたしにおいてはとくに手術の場合で、予備麻酔の段階でもう意識を失ってしまったときには、まだこれから本格的な麻酔が待っていると思っていてまったく気づかなかった。あ、これから本格的な麻酔を受けなくてはいけないのにとハッとしたときには、すべては終わっていた。

あとの二つの場合を考えてみても、これから自分は意識を失うのだという予感は、まったくなかった。ふいに停電してまっくらになったという印象で、何が起こったのかなどはわからなかった。あのまま死んでいれば、まだ生きている気でいるだろう。

そして半世紀前の父親の死を思い出した。発疹チフスだったが、母親は「(高熱のための)脳症にかかっていたから、あの人はまだ自分が死んだことを知らないでいるよ」といった。だからせめてよかった、というのが母親の論理だったが、考えてみると人間には自分が死の瞬間を意識することは、まずできないことなのではなかろうか。接近する死を意識していたとしても、死の瞬間は思いがけないかたちでやってくる。昔の日本人が早来迎《はやらいごう》などということを考えたのは、戦乱の世の不慮の死でも阿弥陀さまに迎えに来てもらうためだといわれているが、もしかするとそれは五色の糸を摑む気にもならないうちの或る瞬間かもしれない、という本質的な死の性質と関わっていたのかもしれない。

あっという間に紙幅がなくなってしまったのでもうひとつだけ書き留めておきたい印象的なことは、漱石の態度である。わたしは病にかかってから、周章狼狽なすところを知らなかった。二度も涙を流したがそれは自分自身のための涙で、そういうことは今までになかったことだった。また、信心のない自分にはおそろしいことばかりで、怯えてばかりいた。

今度は当時の漱石の漢詩もだいぶ読んでおもしろかった。「淋漓《りんり》たる絳血腹中《こうけつふくちゅう》の文《ぶん》、嘔《は》いて黄昏《こうこん》を照らして綺紋《きもん》を漾《ただよ》わす」(書き下し文は吉川幸次郎による)などという凄惨な吐血の描写を、あえて詩行に入れるところなども、いかにも何ごとも面白がろうとする精神の持主であるこの人である。そしてそこに語られる心境は則天去私をいう人らしい、自然との調和、自然の受け入れを語る、落ち着いた境地である。

それはもちろん漱石の生死観がしっかりとしていたということに他ならないが、同時にわたしは、かれが幼いころから漢籍や漢詩を叩き込まれた当時の知的エリートであったということも思わないではいられなかった。

たとえば、おのれの食道癌を知った高見順は、忘れがたい詩集『死の淵より』を残したが、同じ東京大学英文科の卒業であるとしても、世代がずっとあとのかれは漢詩に自らを託すことはなく、近代自由詩によって迫ってくる死に臨む心境を描いた。それは、当然のことながら悠々たる心境の吐露というわけにはいかなかった。ここはどちらがどう、という場ではもちろんないが、そこにはやはり、漢詩のもつ大きな時空を孕んだ文化と、精々百年ほどの歴史しかもたない、この国に輸入された近・現代詩の文化が人に及ぼす力と質の違いがかかわっている、といってもいいであろう。

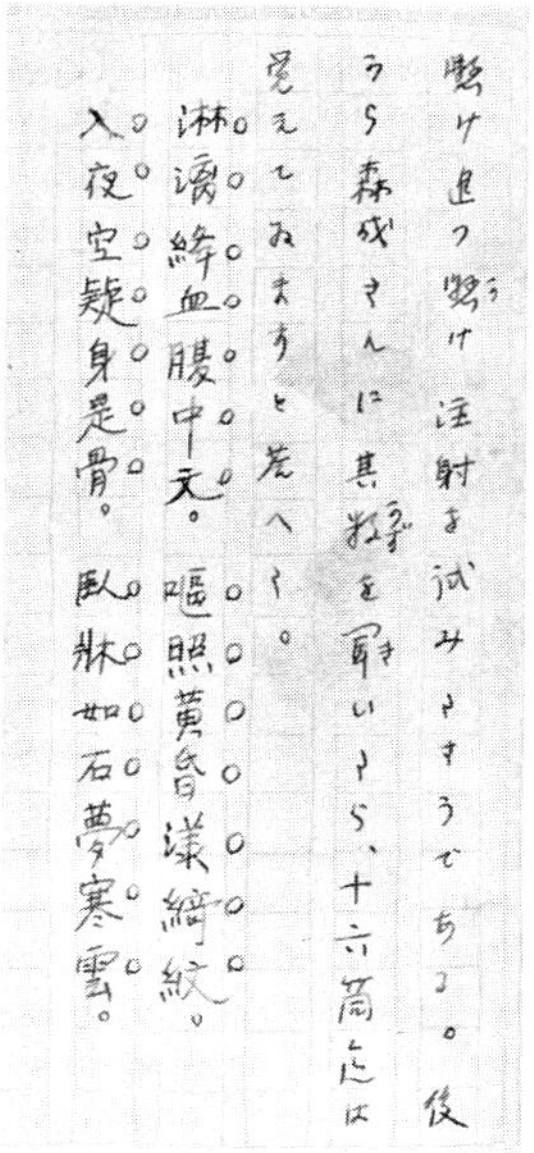
繋ぎ足つ繋ぎ注射を試みたさうである。後から森成さんに其数を聞いたら、十六筒迄は覚えてゐますと答へた。

淋漓絳血腹中文。嘔照黄昏漾綺紋。

入夜空疑身是骨。臥牀如石夢寒雲。

『思ひ出す事など』原稿

戦後育ちの日本人で、詩や小説という西洋から輸入された表現型式とともに生きてきた、しかも学ぶところ貧しいわたしが、周章狼狽なすところを知らなかったのは、もちろん第一には当人のだらしなさのせいである。しかしもしかすると多少は、そこに文化の確固たる枠組みをわたしがまだ持ちえていなかった、ということも関わっていたかもしれない、と思ったりもする。

あえていわせてもらえば、人は宗教をふくめた文化の枠組みのうちに自らを収めて、そのことで身を持して死んでいくことを願うものらしい。今度の病でそうはなれなかったわたしは、この次の事態までに、自分をどうしておくつもりなのだろうか。

（みき　たく／作家）

『漾虚集』と『孔雀船』

平出　隆

伊良子《いらこ》清白《せいはく》の唯一の詩集『孔雀船』が好きで、この人の生涯を調べはじめたところ厖大な日記があらわれてきた。明治三十九(一九〇六)年という年が特別の時節に感じられはじめたのは、その刊行年ということからだけでなく、刊行とほとんど機を同じくして詩人が詩壇を去ってしまうからであった。日記にはその流離の時間がはっきりと跡をとどめている。

次第に得心されはじめたことは、この年が近代以降の文学の言葉にとってかつてない分水嶺だったことである。蒲原有明《かんばらありあけ》や薄田泣菫《すすきだきゅうきん》の象徴詩の仕事が技巧の極に達しつくし、そこからどこへも転じがたい、そんなことが起ったのは、明治二十年代以降進行していた言文一致の方向が実質化するとともに、かえって文章語についての意識の混乱が深まっていたからであろう。日露戦争を通過する社会相の激動も背後にある。

有明の第三詩集『春鳥集』、泣菫の第三詩集『二十五絃』、詩文集『白玉姫』は、すべて明治三十八年の刊行である。泣菫は三十九年五月の詩集『白羊宮』をさかいに、有明は四十一年の詩集『有明集』をさかいに、いずれも詩作は極端に減少する。青年詩人の群れは自然主義とともに勢いづいて台頭し、同調しえない詩人たちには、泣有二家の退きまたは散文への移りに前後して、次々と詩筆を折る者も多かった。

いささか気の短いところのあった清白の行動は、そのような混乱から距離をとりたい心理の、明快すぎるほどの典型となった。『孔雀船』は五月五日の刊行であるが、彼は四月二十九日に東京を離れている。

ところで、そのころの彼の職業は、生命保険の勧誘と診査とを兼ねて行なう保険医というものだった。一月に詩壇を去る決意をした後も、この仕事に忙殺されていた。そんな中で、初めてにして最後となるだろう詩集の刊行準備をするというのは、どんな心境のものだろう。

「僕はあまり新体詩といふものを読まないから知らんが」と漱石は三十八年夏、雑誌「新潮」の記者を相手に語った。

近頃の新体詩は一体にわからないのが多いやうだ、といつて僕は巻頭四五行より多くを読まないのだから、読まずに評する訳にはゆかないが、どうもそうらしい。有明といふ人の詩を雑誌などで、これも二三行の拾ひ読みだが、見る、一向わからない、鉄幹といふ人はうまい、それに余程才があると思ふ。

談話でなければ読めなかった内容であるが、談話ということで引いたり足したりして読まなければならないものかもしれない。実際、この先で詩句を引用されてひどくこきおろされる高田梨雨という詩人に宛てて、後日漱石は、あんな記事になろうとは、と弁解の言葉を書き送っている。

漱石の明治三十八、九年といえば、これもまた大いなる曲折のときだろう。三十八年は、「吾輩は猫である」の連載で文名がたちまち上がり、年来の問題だった教師か文学者かの二者択一がいよいよ悩ましくなり、新体詩、俳体詩、連句などの試みの最後になった年である。「猫」と並行して、それと対照的な「倫敦塔」「カーライル博物館」「幻影の盾《まぼろし》」「琴のそら音」「一夜」「薤露行《かいろこう》」など、三十九年五月に『漾虚集《ようきょしゅう》』としてまとめられる作品群が発表された。

三十九年四月は「坊っちゃん」、九月は「草枕」発表の月だから、ここまでの一年余の時期は明らかに、作家漱石誕生の時期ということになる。

漱石が、このような彼自身の曲り角を明治の初め以来の文章語の混乱の流れの中に明確に意識していたことは、別の談話にも窺える。これは、明治三十九年八月の「文章世界」に載った「文章の混乱時代」というものである。そこでは、明治の文体の変遷は馬琴調、西鶴張り、雅俗折衷文と来て、いまは通俗文、すなわち日常の言語に接近した文体のほうへ走っているとされる。これは古語が耳に遠くなったからとか実用化した社会には実用的な言葉がふさわしいからという以上に、複雑化した時代の思想や感興をあらわしたいという要求に、簡単の時代にできた簡単の言語では不充分だからだという。しかし一方で、通俗語では歴史的な美感を表現できない。そこで、特殊な趣味感情を表現したい人々は文章体を保ち、大勢力は通俗文に向う、という二つの勢力の争闘が起っている、と、これが談話の主旨である。

さてここでまた、「詩人」が語られている。だが、先の談話とちがって踏み込んでいて、西欧の例を説くなど少し懇切である。

最も顕著な例は今の新体詩人といはれる人々だ。あの人々の頭脳《あたま》は確かに普通の人よりも、高い処に憧がれ、清新な趣味を掬《むす》ばうとして居る。ところで、其作詩の上に現代の通俗語を使ふのは何となく下卑た様な感じがするから、勢ひ古語を用ゐる様になる。すると批評家も読者も、渠《かれ》は態《わざ》と不可解の古語をつらね、古調を帯ばせて幽遠がつて居るなどゝ攻撃するが、之は全く立脚地の違つた批評である。詩人自身から見れば、あの様な古語を使ふのは詩的であつて、非常に愉快を覚える所であらう。殊に詩には「自然」其物から得る興と、書籍から感ずる興とがある。後者の場合などには特《こと》に古語を使ふのが一種の愉快と満足とを与へる事ともなる。

文章語を基盤に考えたとき、詩の言葉と散文の言葉とが連続的に存在する様態が仮説される。『漾虚集』と『孔雀船』とは意外に連続していたというのは、さらにそこからの私の仮説である。二月二十六日、保険医伊良子暉造《てるぞう》は、保険に加入してもらった与謝野晶子から多数の文学者への紹介状をも得る。そのうちの漱石を訪れた光景を、私はこれも特別なものに想像する。それは明治三十九年三月一日のことだった。

清白の日記には次のような記述がある。

午後麹町及四ッ谷に往診し転じて千駄木林町に長原止水氏を千駄木町に夏目漱石氏を（我《ママ》輩は猫である）西片町に上田敏氏を歴訪し保険を依頼せしも皆不成功　長原氏は沈痛夏目氏は洒落上田氏は快活

その夜に、漱石は版元の訪問を受け、『漾虚集』を飾ることになる装画を見た。翌日、中村不折と橋口五葉に宛て、感謝の手紙を認《したた》めている。むろん、その前の客のことなど、語られるわけではない。しかし、その歓迎されなかっただろう客の胸の中にも、『海潮音』に倣い、長原画伯に口絵を依頼というふうに、ほどなく刊行されるはずの自著の装丁プランは動いていた。

漱石の明治三十九年の断片にこういうものがある。「明治ノ三十九年ニハ過去ナシ。単ニ過去ナキノミナラズ又現在ナシ、只未来アルノミ。青年ハ之ヲ知ラザル可カラズ」と。「現在ナシ」というのは、これは大変なことばだと思う。

（ひらいで　たかし／詩人）

趣味の翻訳

谷川恵一

かれが行なったことより、行なわなかったことの方に関心がある。できなかったのではなく、やろうと思えば人並み以上にできたに違いないのに、どうして漱石は外国文学の翻訳をしようとしなかったのか。従来の『漱石全集』第十三巻に収められている翻訳はわずかに四編、分量にして四〇ページに満たない(二〇一六年、新たに「アーサー、ヘルプスの論文」が見つかったため、漱石の翻訳は五編になった)。質量とも創作に匹敵する翻訳を遺した逍遥・鷗外・二葉亭などにくらべ、やはりなんとも淋しい、というより、職業作家になったのが比較的年をとってからであり、かつて「洋学隊の隊長」をめざしたこともある人間がほとんど翻訳をしていないというのはむしろ異様である。

こうした異様さは、『文学論』というかれの本から受ける印象に通じている。ほとんどのページに「外国語」の引用文を訳文を付さずに配するという体裁にこしらえられた書物は、語学書にもそうあるものではあるまい。しかもその『文学論』でも、ワーズワースの詩の後にダーウィンの『ビーグル号航海記』の一節を原文を示さず翻訳して並べることがあるように、「純文学」(『文学論』序)のテクストだけが翻訳の対象から除外されていた。ここでは文学と非文学との区別が「外国語」と「日本語」の区別にぴったりと重ね合わされていて、「日本語」で書かれた文学論であるにもかかわらず、「日本語」の文学のテクストは皆無なのである。

かれの翻訳に関するこうしたかたくなな態度にはおかまいなく、現実には大量の翻訳テクストが生産されつづけ、そのことがときにかれの癇癪を誘発する。

ハムレット上演をめぐる周知の一節が『三四郎』にある——「台詞は日本語である。西洋語を日本語に訳した日本語である。口調には抑揚がある。節奏もある。ある所は能弁過ぎると思はれる位流暢に出る。文章も立派である。それでゐて、気が乗らない」(十二の三)。漱石もむろん三四郎と同じ感想をいう——「坪内博士の訳は忠実の模範とも評すべき鄭重なものと見受けた」が「沙翁劇は其劇の根本性質として、日本語の翻訳を許さぬものである。其翻訳を敢てするのは、これを敢てすると同時に、我等日本人を見棄たも同様である」(「坪内博士と「ハムレツト」」)。シェークスピアのテクストが翻訳不能なのではなく、原文に「忠実」に翻訳することは可能だし現に逍遥が行なっているのだが、「西洋語を日本語に訳した日本語」であるしかないそれは文学ではない。なぜなら、「東西古今」のさまざまな「文学的作品」は本来「異なつた趣味の国民の製作」であって、たとえ日本の新体詩で接吻を詠んだとしても「忌味」な感じしか与えないように(『文学評論』第一編「序言」)、ある国の文学を他の国のそれにおいそれと移したりはできないし、ましてシェークスピアは「一種独特の詩国を建立して」いる(「坪内博士と「ハムレット」」)のだから。

「其社会に固有なる歴史、社会的伝統、特別なる制度、風俗に関して出来上つた」趣味という、明治二十年代以降東京大学を中心に移入された国民文学的思考をぴったりと身につけていた漱石が、「英文学」と「日本文学」との差異を「英語」と「日本語」のそれと一致させ、文学の翻訳に厳しい態度で臨むことはしごく当然なことだが、かれの凄みは、さらにすすんで逍遥の訳文が「悉《ことごと》く沙翁の云ふが儘《まま》に無理な日本語を製造」したものであるとためらいもみせず断罪してしまうところにある。『オセロ』の中の Ay, to me(Dead to me)という句に「私にとつては死んだも同然だ」という解を添えてから、かれは「日本語ではかういふ Wortspiel は旨く訳するわけに行かない。訳する為めには殺して訳するより仕方がない」とつけくわえる(『オセロ』評釈、第一幕・第三場)。殺すか殺されるか、文学の翻訳はかれにとってどちらか一方がかならず斃れる戦場だ。そこでは、相手をもうひとりの完全な自分にしようとする野望と、自分は世界でひとつしかない存在だという自負とが真正面からぶつかりあっている。

どうもまことに殺風景なところへ連れていかれてしまうのだけれども、漱石の翻訳そのものには、こうしたかれの姿勢とはうらはらに、なにやらのんびりとした趣きを感じさせるものがある。逍遥がハムレット翻訳に払った努力を多としつつ、それは自分も翻訳で苦労した経験があるからわかるのだといっていた漱石には、『文学評論』に挿入された、合せるとかなりの量になる断片的な翻訳があった。「段々近づいて来たから、此頃の暮し向は、どんな模様か聞いてやらうと思つてゐると、向ふから小声で話しかけた。「ベンダーから信用すべき通信が来たでせうか」。私は知らないと云つて、「御前の娘はもう片付いたか」と聞いて見た。「まだです。女房も子供も食ふや食はずの有様だのに、まだスキーデンの国王の事を考へてゐる」(第三編)。「此時にスキーデンの国王はどうでせう。あなたの御考は、本当の所を聞かして下さいな」。女房間暴風雨は益《ますます》強くなつた。其後いくたびも遭遇したものに比べては、否其二三日あとで遭遇したものに比べては、何でもないが、何しろこれ迄海の上へ乗出した事のない私には波が大変高かつた」(第六編)。前者はアディソン、後者はデフォーを翻訳したものである。漱石はデフォーに点が辛くアディソンに好意的なのだが、そうしたかれの趣味がこの訳文に影響している。たぶん面と向かってかれに訊ねても、こんなものが文学であってたまるかと一言で否定されるだけだろうし、またこちらにはかれのような確乎とした文学と非文学の境界が見えているわけでもないからどうせ議論がかみあうはずもないのだが、それを承知でやはりこの翻訳は「日本語」で書かれた漱石の文学なのだろうと思う。スウィフトの文章を評してかれは「汁気がある。ヒユーモアがある」というが(第四編)、それはその直前に置かれたかれの手になる訳文についても妥当するはずである。

『文学評論』における漱石の翻訳は、鷗外にくらべると文体の変化に乏しく、二葉亭の創作と翻訳の開きぐあいにくらべるとはるかに創作に接近している印象をうける。『文学評論』が出た明治四十二(一九〇九)年、かれは『三四郎』を刊行し、『それから』を連載し始める。かれの翻訳にはもっと光りが当てられていい。ベンヤミンがいうように翻訳とはほんらい一対の非対称な趣味をつくりだす営みであるとすれば。

(たにかわ　けいいち／日本近代文学)

alone in this world——若き日の漱石と『方丈記』

島内裕子

夏目漱石がまだ文科大学の学生だった明治二十四(一八九一)年十二月に、教師のジェームス・メイン・ディクソンの依頼によって英訳した『方丈記』と、それに付した英文の「解説」が、『漱石全集』第二十六巻に収められている。時に漱石は、二十四歳だった。英訳『方丈記』は、漱石のすぐれた英語力を示すものとして、ディクソンからも高く評価されたことを小宮豊隆が紹介している。英文の「解説」では、「天才の手になる文学作品」「才人の作品」「熱狂的作品」の三種類に文学を大別した上で、『方丈記』を「熱狂的作品」に位置づけ、漱石自身が捉えた鴨長明の人間像を明確に打ち出している。ここでは漱石の英訳と「解説」に見られる個性的な視点や表現に注目して、若き日の漱石の心情に触れてみたい。

英訳された『方丈記』を手元にある原文と対照しながら読むと、原文と英訳で、日付や年齢などの違いがところどころにある。これは漱石が親しんでいた『方丈記』が、江戸時代以来の流布本だったからである。現在一般に読まれているのは、漱石没後の大正末期に紹介された

『方丈記』最古の写本の大福光寺本である。

そのようなささいな相違はさておき、漱石の英訳態度で特徴的なのは、前半部に位置するいわゆる「五大災厄」のうち、最初の安元の大火と二番目の治承の辻風は翻訳しているが、残りの福原遷都・養和の飢饉・元暦の地震の部分は英訳せずに省略していることである。前半部よりも後半部の方丈の庵での生活を重視したためであろうか。漱石訳で『方丈記』の全文を読みたかったと思う読者も多いだろうが、このように原文の一部を省略するやり方は、明治二十三年刊行の『国文学読本』(冨山房)所収の『方丈記』にも見られる。そこでも「五大災厄」からは大火と飢饉の二つのみを挙げるにとどまり、残りの三つは省略されている。

漱石は『方丈記』の英訳と「解説」を書くにあたって、当然何冊かの本を参照したであろうが、この『国文学読本』も参考書の一つだったかもしれない。漱石が「解説」に記した長明の伝記で取り上げている事跡のうち、鎌倉で将軍源実朝に会ったことや、長明の和歌が勅撰集に数多く入っていることは、『国文学読本』には書かれているが、この二点に触れない注釈書もあるからである。

漱石が『方丈記』を英訳する際に依拠したテキストについては、下西善三郎氏によって、江戸時代の注釈書『方丈記流水抄』と、『新註方丈記』(武田信賢註、明治二十四年六月刊)の二著が指摘されている(『深井一郎教授退官記念論文集』一九九〇年)。それに加えて、原文の一部を省略するやり方や長明伝の書き方の類似に着目すれば、『国文学読本』も、漱石の参考書の一つに数えてよいのではないか。

しかし何よりも驚かされるのは、それらの諸本を参照したにしても、青年時代の漱石が江戸時代以来の先入観に捕われることなく、自分自身の文学観に基づいて「解説」を書き、『方丈記』を英訳していることである。『方丈記』の本質と鴨長明の人となりを、独自の観点から述べた英文の「解説」が、山内久明氏のゆきとどいた訳文と訳注によって、あますところなく明らかになったのは、たいへんありがたい。

漱石は『方丈記』の背後に著者鴨長明の人間像を読み取り、自分自身の心との共鳴を率直に述べている。漱石が長明を人間嫌いで反俗的な批判精神を持った人物として捉えているのは、当時としては画期的なことである。江戸時代を通して、『方丈記』の注釈書は五種類しか刊行されず、それらは難解な語句の説明や、表現の出典を和歌や仏典から探し出すことが中心だった。もちろん、語句の注釈ばかりでなく、仏教や儒教の立場から内容を把握することは、すでに江戸時代の注釈書にも見られるが、『方丈記』を生み出した鴨長明の孤独感や疎外感に深く分け入って共感する読み方は、明治時代に入っても、漱石以前にはほとんどなされていなかったと言ってよい。近代の『方丈記』研究が本格化するのは、大正時代になってからである。

注釈書の世界から目を転じても、事情は同様である。江戸時代に書かれたさまざまな「閑居記」を読むと、当時の人々は『方丈記』を、方丈の庵での日常生活に対する満足感を表明した作品として捉え、『方丈記』に倣って自分自身の閑居の楽しさを書いた。芭蕉などごく少数の例外を除けば、江戸時代の閑居記には、漱石が深く共感したような、反俗的で「断固として悲観主義的な傾向を持つひとりの男」の姿への共鳴など窺うべくもない。

実際、江戸時代を通じて『方丈記』への関心は、『徒然草』に比べてそれほど高くなかった。『徒然草』は慶長九(一六〇四)年に早くも最初の注釈書が刊行されて以来、幕末に至るまで三十種近くが次々と出版された。著者である兼好に関する虚実取り混ぜた伝記が何種類も書かれ、兼好の人物像も縦横に論じられた。明治二十年代に入って、巌本善治の『女学雑誌』や北村透谷・島崎藤村たちの『文学界』が創刊され、西行や兼好など、中世の隠遁文学者をめぐる人物評論が掲載されるようになったが、長明を論じる動きは表立っては見られない。

そのような時代にあって若き日の漱石は、いち早く鴨長明の人間像を描き、『方丈記』の文学性を説いた。彼が独自の読み方を明瞭に示すことができたのは、西欧と東洋の文学・思想を響映させた視界の広さがその理由の一つではなかろうか。「解説」の中で漱石は、ワーズワスの自然観と対比して鴨長明を批判し、シェイクスピアによって長明の人生観の普遍性を述べる。漱石より少し年下の評論家・樋口龍峡は、「ゆく河の流れは絶えずして、しかももとの水にあらず」を、ヘラクレイトスの「万物流転(パンタライ)」と関連づけた(『心の花』明治三十八年六月)が、それと比べても格段に早い。

けれども、もし漱石が日本の古典文学を解釈するにあたって、当時の新知識である西洋の思潮や文学理論を導入したに過ぎなかったら、百年以上も前に書かれたこの『方丈記』論が、古びることなく現代人の胸を打つことはないだろう。漱石の心の中では、西欧と東洋の文学や哲学が分かち難く結びついていた。それが彼の『方丈記』論に反映し、陰翳に富んだ「解説」となっているのではないだろうか。その意味で特に注目したいのは、テーヌを持ち出して哲学と文学の関係を述べる箇所で、skeleton(骨格)という言葉を使っていることである。

これはもしかしたら、テーヌの理論と『一休骸骨』を重ね合わせて出てきた言葉ではないか。漱石文学の通奏低音ともいうべき厭世観や無常観は、あの室町時代の高僧一休宗純が書いたとされる『一休骸骨』に流れている、仏教というよりもむしろ哲学と言ったほうがよいような虚無的な人生観・世界観とどこか繋がっているように思えてならない。「漱石山房蔵書目録」(『漱石全集』第二十七巻所収)には、後年の発行のものではあるが明治三十一年刊『一休和尚全集』の書名が見える。

おそらくskeletonとの関連からだと思うが、漱石がapparition(亡霊)という言葉を使って、「骨格が皮膚を通して透いて見える」作品として『方丈記』を捉えているのも独特である。漱石が使ったこのapparitionという言葉に出会って、私的な長年の疑問が氷解したことを、ここで差し挟ませてもらえるだろうか――。

吉田健一の『本当のような話』は、何度も繰り返し読んでいる大好きな小説だが、主人公の民子が、外国人のバレリーナに'mon apparition'と呼ばれる場面がある。そのことを彼女が知人に告げると、「綺麗な幽霊もあったもんだ」とからかわれる。なぜapparitionという言葉が使われるのか、ずっと気に掛かっていた。もしも漱石がここで使っているように、apparitionに、そのもの自身の本質が「透いて見える」「自分の似姿が映し出され」るものという意味が込められているとしたら、この言葉くらい民子の人物造型にふさわしい言葉はない。知・情・理を兼備した民子こそは、近代日本が到達した精神の成熟を体現し、象徴する人物だからである。吉田健一はみずからの英国留学体験や英文学への親炙とからめて、夏目漱石にひとかたならぬ関心を抱いていた。『方丈記』論に書かれているapparitionに触発されて、このような場面をひそかに滑り込ませたのではないだろうか。しかも、先ほどの場面で、民子はバレリーナのことを「妖精のよう」と形容している。「妖精」と言えば、シェイクスピアの『テンペスト』にもアリエルという妖精が登場し、漱石の『方丈記』の解説でも、『テンペスト』が引用されている。

話が少し横道に逸れてしまったが、英訳『方丈記』における独自の解釈について簡単に触れておきたい。たとえば、原文の冒頭近くに出て来る「仮の宿り」という言葉を、漱石は'this unreal world.' と訳している。『方丈記』の文脈から言えば、ここは江戸時代以来の注釈書にあるように「かりそめの住まい」の意味である。それを漱石は「この実在しない架空の世界」と捉えた。また、原文では草庵住まいの日常を述べた後に、自分の生き方をヤドカリなどの小動物と重ね合わせて「われまたかくのごとし」と書いている。その部分を漱石は、'Like them I think of myself alone in this world.' と訳した。

このような訳し方に漱石らしさが滲み出ていないだろうか。そのことは他の英訳と比べてみると一層はっきりする。南方熊楠は明治三十八年に『方丈記』を、省略なしで全文英訳している。松本寧至氏は、熊楠の英訳には漱石の影響が見られる箇所もあるという興味深い指摘をされている(『二松』第十三集、一九九九年三月)。ただし、今挙げた二カ所のうち、「仮の宿り」に該当する部分を熊楠は訳出していないし、「われまたかくのごとし」は 'So is it with me.' と直訳している。これらの例と比べて若き日の漱石は、『方丈記』をかなり厭世的・虚無的に捉えていることがわかる。

そしてこの独自の『方丈記』観や長明像は、後年、彼が書いた小説の中にも点滅し続けているように思われる。『方丈記』の「解説」で、鴨長明のことを「拝金主義的で、快楽追求的な醜い現世」に影響されない人間であると書いた漱石は、『野分』(明治四十年)の白井道也の生き方をまさにそのような人間として描いた。道也はかつての教え子に向かって、「君は自分丈が一人坊っちだと思ふかも知れないが、僕も一人坊っちですよ。一人坊っちは崇高なものです」と言った。ここには、'alone in this world' が遠くこだましている。

漱石文学に横溢する流水イメージも、ラファエル前派やアール・ヌーボーの影響のみならず、根底には「ゆく河の流れは絶えずして」という『方丈記』もあるのではないだろうか。『幻影《まぼろし》の盾』には波の音を聞きながら過去と未来の永劫を思う場面があるし、『虞美人草』にも「流るる水が逝いて帰らぬ」という言葉が見える。

漱石は、自分の心に深く抱え込んでいた孤独感や厭世観を投影できる作品として『方丈記』に強く共鳴した。若き日の漱石による『方丈記』の英訳と「解説」は、それ以前には見られないような新しい読み方を提示した点で、『方丈記』研究史上一つの画期的な出来事であり、同時に、漱石文学の深層を垣間見せているものでもあると思う。（しまうち　ゆうこ／日本文学）

講義を読む

富岡多恵子

わたしは漱石のよき読者でなかったが、昨年(一九九三年)秋に上梓した『中勘助の恋』という本を書く時に、漱石を読まねばならなくなった。漱石に、中勘助は第一高等学校の時にも帝大英文科の時にも教わっているから、まさしく「先生」であり、しかも「先生」のはからいで処女作『銀の匙』が朝日新聞に連載されて世に出たのであるから「恩人」でもある。その「先生」にして「恩人」である漱石に、中勘助を書こうとする筆者のわたしもやはり多少のジンギは切らねばならなかったのである。

といっても、中勘助本人が、一高のころ評判になっていた「先生」の『吾輩は猫である』を「その表題からして顔をそむけさせるに十分」であったといい、大学入学後はじめてそれを手にとったが「はじめの百頁内外で厭きてしまつたきりいまだにその先を知らない」といい、『まぼろしの楯』(「幻影の盾」)にいたっては、「最初の書き出しに不快を感じてやめてしまつた」というテイタラクである。さらに大学に入って講義を受けるようになっても、「片つぱらの口もとをへんに捩ぢあげたり、へんに首をくねくねやつて草稿を見たり、下唇を口の中へ曲げ込んで口をあきながら天井を見あげたり、なにかいひながら机の上に白く積つた埃を人さし指の先へ二度も三度もくつつけてみたり、むちやくちやに顔をしかめて頭をかいたあと指を鼻先へもつてつて犬が臭いものをかいだ時のやうに鼻を噴かないばかりに鼻の上へ皺をよせてみたり……」などと「先生」の奇癖をこまかくあげつらい、講義を聴く時も「先生の顔を見あげたりノートの上にかがんだりしずに窓をとほして向うの空や青葉なぞを見るともなくぢつと見つめながらきいてゐた」というのだから、まことにその態度はよろしくないのだが、その時受けた講義は「十八世紀の英文学の評論とテムペストだつた」そうである。

シエクスピアの方はテムペストにつづいてオセロ、ヴェニスの商人と進んでいき、中勘助にはそれらはおもしろかったらしいが、「十八世紀の英文学の評論」には、好きな作家がいっこうに出てこないこともあって、相当に辟易していたらしく、「先生は合版の西洋紙の草稿を一枚づつとりあげてみながらねちねちと捏《でつ》ちあげてゆく。調子が調子なり、題材が題材なり、その上そのまた草稿がなんでも一行の罫の中へ小さな字で二行に書いてある様子で、それが一時間に一頁半か二頁位の割合?で進んでゆく。それは退屈な時には一層堪へがたいもので、せめて草稿の頁でもはやくかはつてくれれば」と思うほどだった。しかし「先生」は「平気で講義をしてるやうにみえながら学生の一人がちよつと首をかしげるのにさへ気がつく」上に、「先生の引証する英文の中に出てくる言葉の綴りがわからないでつかへてると必ず綴りをいってくれた」ので「いい先生だと思つた」などとまったくゲンキンな学生である。

ところで帝大生の中勘助が直接講義を受けて退屈していたらしい「十八世紀の英文学の評論」は、『文学評論』となって全集に入っている。これをわたしは中勘助論の参考資料として読み出したのだが、自分のために読むハメとなってしまった。そのなかに「スヰフトと厭世文学」が入っていたからである。

昔むかしわたしは、帝大生中勘助よりはるかにはるかにデキの悪い怠け者の英文科の女子大生になった時、スイフトの『ガリバー旅行記』の講読があり、全部ではないがそれを及ばずながら英文で読んでいた。幸か不幸かわたしはガリバーを子供の読み物として読んだ体験がなかった。それで、はじめて読むガリバーにいたく惹きつけられ、のちに中野好夫訳を読み、さらに平井正穂訳によっても愛読した。小さい活字を読むのがつらくなってきたころ、岩波文庫の文字の大きい版でそれが出たのでうれしかった。

漱石も講義の最初で、スイフトといえば、ガリバーが読まれているだけで、他の著作はほとんど読まれておらず、そのガリバーも子供の読みものとして迎えられているにすぎないといっているが、ガリバーの作者についてはさらに知られていない。

数年前、わたしはアイルランド周遊の機会を得た。その時、ダブリンのセントパトリック寺院内で、スイフトの頭蓋骨、二つのデスマスクと対面し、寺院内の外廊に囲いのしてある墓(?)におまいりし、その寺院の大きさ、古さ、立派さを知って、ここの主席司祭《ディーン》というからは相当エライ地位であったのだと、異教徒の無智からも感ずるところ大であった。その後アイルランドへは二度もゆき、それにはいろいろの興味がまぜこぜになってはいたが、スイフトという「奇人」がわたしを呼ぶからでもあった。それまでにも、ぐずぐずとした態度ながらも、彼の身元を洗おうとしたが、中野好夫氏の著書くらいしかおもしろいものはなく、その中野氏も、興味をひきずり出されたのがどうやら漱石のスイフト講義にあるらしく読めた。そしてついに、中勘助からの義理もあって、その昔、帝大生の受けたりし夏目先生の講義を改めて「読む」ところまでたどりついたのであった。

「勉強」の仕方としては方向が逆だったかもしれないが、それまでのミーハー的好奇心による予習のおかげか、漱石のスイフト講義はよくわかり、中勘助がしたように退屈はしなかった。ことに、スイフトの同時代人「アヂソンとスチール」との比較は、当時のかの国の文壇的事情にうとい者にはありがたい。それよりも、中野好夫氏が半ば韜晦《とうかい》であろうが「わからない」を連発しておられるスイフトの女性関係について、漱石がかなり踏みこんでいることで、留学中にその類の本まで読んでいたとしたらサスガだなあと、妙なところで感心する。もっとも講義のために、それらはのちに読まれたのかもしれないが、そうであったとしても、当時おそらく日本であまり知られていないスイフトのほとんどの作品、パンフレット類を読み、「不愉快」という反語的批評で高い評価を与えているのは、やはりサスガだと感じ入るのだが、こんなことをいえば、漱石先生の使徒たちから、町人風情が今さらなにをほざくかとののしられること必定。

ところで漱石はこういう立派な講義を大学で行いながら、「講義を作るのは死ぬよりいやだ」、「やめたきは教師、やりたきは創作」といって小説を書くために新聞社に入り、文学研究(学問)と創作、学者と実作者(芸術家)のちがいを身をもって示してくれたのは読者の知るところである。

(とみおか たえこ/作家)

漱石とカント

柄谷行人

私は『文学論』における漱石の試みをカントの「批判」と比べてみる必要があると思っている。漱石はたまにカントを引用するが、直接に読んだ形跡もないし、カントの影響を受けたとも思えない。しかし、だからこそ、彼の仕事はカントと比べられるべきなのである。もし彼がカントを読んでいたら、カント以後に形成された美学の影響下から出られなかっただろう。カントを読まなかった漱石は、そうとは気づかずに、十八世紀にヨーロッパの端(ケーニヒスベルク)にいたカントと同じ立場に立っていたのである。

美的判断は普遍的でなければならないとカントは言っている。ところが、これほど困難な事柄はない。文学芸術においては、誰もが普遍性を主張するが、誰もそれを証明できないからだ。他の領域においてもそのことは原理的に妥当するだろうが、文学芸術においてほどそれが露骨に見える場所はない。カントの「批判」は『純粋理性批判』に始まるが、本質的には、それは、普遍性が要求されながらそれが不可能であるような「批評」の問題に発しているといってよい。

カントは「共通感覚」をそのアポリアを解決する仮説として提起している。しかし、共通感覚は時間的・空間的に局所的なものであって、普遍的ではありえない。普遍性は共通感覚を越えるものとして要求されるはずである。そのような認識は、自分たちのローカルな趣味が普遍的であると思いこんでいる人々からはけっして来ない。あるいは、趣味の根拠を根本的に問うような者はけっしてそこからは出てこない。それは外部から来るのである。カント自身がそのような人であった。

イギリスに育った吉田健一は漱石の『文学論』を野暮の極みと嘲笑しているが、その吉田程度の趣味を嘲笑するような者はイギリスやフランスにはざらにいたはずである。だが、それは彼らが普遍的であることをなんら意味しない。実は、カントの『判断力批判』もそのような者たちに嘲笑されてきている。しかし、芸術に関する画期的な理論的考察は、趣味をもたない(共有しない)カントによってなされたのである。ただ、カントの仕事は芸術を「科学」と別個の領域においた(ように見える)ために、爾来芸術についての科学的考察をさまたげるもととなった。つまりロマン派以後の西洋の芸術論は、観念論になるか、あるいは理論を軽蔑する趣味的立場に帰着したのである。誰も芸術に関してカントのように野暮な問いから始める者はいなかった。

漱石は二十世紀の初めのロンドンでそれを開始する。ロシアからフォルマリストがあらわれるずっと前である。ヨーロッパの辺境ロシアにあって、趣味を自明の前提にすることができなかった人たちが文芸の「科学」を始め、それが今日に及ぶ文学理論の先駆けとなった。だが、漱石の仕事はまったく(日本においても)無視されている。人々は、漱石自身が『文学論』に関して述べた自虐的な感想を真に受けすぎたのである。漱石は日本の古典文学・漢文学に関したとえば吉田健一の百倍ぐらいの活きた教養をもっていただろう。だが、そのような人であるからこそ、彼は英文学に対する趣味判断の能力を欠いていると考えざるをえなかったのである。

同時に、漱石はこうした趣味がローカルな共通感覚でしかないのではないかと考える。西洋の、しかもある歴史的なものが普遍的と見なされているだけではないのか、と。だからといって、東洋の文学が普遍的なのでもない。さらに、漱石は文化的相対主義を斥ける。彼は、普遍性は、素材でなく素材と素材の「関係」形式にあると考える(『文学評論』)。ここから、文学が「科学」として考察される道が開かれる。

カントの前には経験論と合理論の対立があった。彼はそのいずれにもつかない。それらが「形而上学」でしかありえないことをアンチノミー(二律背反)によって示すのが「批判」である。同じことが漱石の「科学」についてもいえる。彼の前には、ロマン主義と自然主義の対立があった。あるいは、別の観点からいえば、芸術派と生活派(政治派・道徳派もふくむ)の対立があった。漱石はそれらを歴史的にではなく、形式的に見る。つまり、認識的なFと情緒的な

ｆの度合いの差異として見るのである。

われわれが何事かを経験するとき、あるいは何かの文章を読むとき、それを知・情・意の領域で受けとっている。純粋に認識的なものはない。たとえば、数学の証明といえども、たんに厳密であるだけでなく「エレガント」であることが好まれている。逆に、どんな情緒的なものにも一定の認識がふくまれている。それらを完全に分離することはできない。漱石はそれらをＦ（認識的要素）とｆ（情緒的要素）の混合として見ようとしたのである。芸術はｆを実現するものだが、それはたんにＦを排除するものではない。漱石は、このＦとｆを、たんに個人的なレベルにおいてでなく、集団的・歴史的なレベルでも考察する。たとえば、ロマン主義が情緒的ｆの度合いを強めるとすれば、自然主義は認識的Ｆを強める。漱石は、そうした傾向性が交互に生じるという「法則」を見いだしている。

このようにＦとｆですべてを見ようとする漱石は、科学・道徳・芸術を領域的に区別したカントと違っているように見える。しかし、カントの「批判」は、それらが客観的な領域として分たれているのではなく、それぞれがある態度変更（超越論的な還元）によって出現するということにこそある。たとえば、美的判断は「関心」を括弧に入れることによって可能であり、科学的認識は道徳や感情を括弧に入れることによって可能である。同じ物がそのことによって芸術的対象となったり科学的対象となったりする。たとえば、裸体に対して、医者も芸術家も性的な「関心」を括弧に入れなければならない。

『文学論』では漱石は裸体画についてこう述べている。《裸体画の鑑賞も亦《また》一種の道徳分子除去に外ならず。……泰西の厳重なる社会に成長したる民衆が一旦画館に足をふみ入る丶瞬間に於て全く此道徳情緒を除き得るは習慣の結果とは云へ誠に不思議の現象なりと云はざるべからず》。しかし、漱石が「除去」と呼ぶのは右に述べたような括弧入れである。漱石は文学芸術の根拠を、道徳や科学的真理に対立するものとしてでなく、それらを意識的に括弧に入れる能力――これは歴史的に形成される「習慣」である――に見いだしている。この意味で、漱石の「科学」はまさにカント的批判の反復なのである。

（からたに　こうじん／評論家）

V

同時代人と漱石

坪内稔典「建長寺と法隆寺」……第十七巻（月報19）一九九六年一月
大野晋「漱石とお弟子」……第二十八巻（月報29）一九九九年三月
竹田篤司「漱石・西田・亨吉」……【第二次刊行】第十六巻（月報16）二〇〇三年七月
山田一郎「漱石の死と寅彦」……第二十二巻（月報21）一九九六年三月
後藤明生「漱石と二葉亭」……第二十六巻（月報25）一九九六年十二月
森まゆみ「千駄木の漱石・鷗外」……第二十八巻（月報29）一九九九年三月

建長寺と法隆寺

坪内稔典

その時期、漱石はたしかに俳人であった。その時期とは、四国・松山で正岡子規と共に過ごした明治二十八(一八九五)年の秋から、イギリスへの留学に出発する明治三十三年秋まで。つまり、松山・熊本時代の五年間の漱石はまぎれもなく俳人であり、俳句もまたこの時期に集中して作られている。もっとも、明治三十三年には極度に作句が減り、たとえば村上霽月《せいげつ》あての書簡に「近頃は発句廃業駄句もなにも皆無に候」と書いている。なぜ急に作句が減ったのか、その理由はわからない。四月には教頭心得を、五月にはイギリス留学を命じられているが、そんな本業というか生業への意欲なり関心なりが俳句を作る興味を上回ったのであろうか。だが、漱石の身辺には熊本の新派俳人による紫溟吟社《しめいぎんしゃ》が出来ており、漱石はその指導者として仰がれていた。俳句を作る作らないに拘わらず、この時期には俳人・漱石は周囲に認知されていた。

漱石が俳人であったのは右の五年間だけだと言ってよい。この場合、俳人とは、句会に参加し、雑誌に作品を載せ、そして句集を出す人を言う。句会→雑誌→句集という活動の過程をもつこと。これが子規に始まった俳句において俳人であるための条件である。この条件をみたすのはさきの五年間だけ。近代のすぐれた俳人には句会→雑誌→句集という活動の過程を経なかった人はいない。

句会とは作品を作る場であり、同時に作品がどのように読まれるかを知る場だ。松山・熊本時代の漱石は句会に参加した。そればかりか、作った句を子規に送って批評を求めた。句会に参加し、また子規を読者とする一種の通信句会をもつことで、自分の俳句を他者に開いていたのである。つまり、句会とは自分の作品を他者へ開く場。そんな場をもっていることが、おそらく俳句の他の文芸にはない特色である。

漱石が子規に送った句稿は『漱石全集』第十七巻には「子規へ送りたる句稿」として出ている。その句稿を子規が添削した場合、本文としてとられているのは子規の添削句である。つまり、全集の本文になっている子規の添削句は、実は漱石と子規が共同で作ったものだ。句会においては、出席者の批評を通してやはりこんな共同の創造が日常的に行われている。

近代の文学は作者という個人の表現として成立する。個人の表現ということを厳密に考えたら、俳句はどうも近代的ではない。子規は『俳諧大要』(明治三十二年)などで俳句を個人の感情の表現だと主張した。俳句もまた近代の文学として出発したことはたしかだが、単独の個人の表現だということを厳密、純粋には追求しなかった。第一、子規はとても句会が好きだった。

いや、句会に限らず、短歌は歌会で、写生文は山会でというように仲間と共同して作ることに熱中したのだった。

句会において他者の目を通した俳句は、通常は雑誌、句集というより広い読者が期待できる場へ出される。もっとも、句会→雑誌→句集という活動の過程は、他者を仲間として呼び込むが、その仲間意識が強くなるといわゆる結社になる。その結社は、本来は他者に開いているはずの活動を結社内に閉じてしまう場合がある。俳句がしばしば仲間内の文芸という様相を見せるのはこのためだ。

ところで、俳人はなぜ、句会→雑誌→句集という活動の過程を経るのか。なぜこの過程を経ないと俳人になれないのか。それはおそらく、俳句の形式が、常に他者に開かれたものとして存在しているからだろう。俳句ははじめから他者を抱え込んだ形式であり、単独の自己の表現形式ではありえない。そのために、自分一人でこっそりと俳句を作り続けて俳人になるということなどがありえないのだろう。別の言い方をすれば、俳句はそれ自体では完結できず、つまり、作者の純粋な自己表現としては完結できず、他者(読者)が補完的に参入してはじめて成立する。こういう俳句の性格を私は片言性と呼んでいるが(『俳句─口誦と片言』一九九〇年)、俳人は句会→雑誌→句集という活動の過程を通してこの片言性を身につける。

俳句では、作者がどのように作ったかよりも、作品がどのように読まれるかが大事。どのように作るかも、どのように読まれるかを通してきわめられて行く。

こうした俳句の特色は、一見すると近代的ではないし、結社という自足的な場につながりもする。だが、自己の表現の純粋さだけを追求するのが文学なのかという課題を提起してもいるだろう。あるいは単独の自己でなく、他者に開かれた複合的な自己のあり方の可能性を示唆してもいる。

漱石は明治三十四年以降も折に触れて俳句を作っているし、修善寺の大患の予後には集中的に作句してもいる。だが、それらは多くが特定の相手に向けた挨拶であり、また、どのように読まれるかに力点をおいた作句ではなかった。それだけに俳句が隠語や独り言に近くなってお り、後年の読者である私などには難解な句が多い。もっとも、漱石は俳人ではなくなったが、後の小説家としての活動においても句会の感触を強く持続した。『吾輩は猫である』は舞台になった苦沙弥家が句会の座そのものだが、若い人たちと議論した木曜会にしても共同の創造の場という雰囲気が濃厚だ。俳人であった体験は漱石の創作活動の根っこに生きていた。

さきに漱石と子規の共同ということに触れたが、二人の共同のもっとも見事な結晶は、今では子規の代表句になっている「柿くへば鐘が鳴るなり法隆寺」かもしれない。この句は明治二十八年十一月八日の『海南新聞』にまず発表されたが、実はその二カ月前の九月六日、やはり『海南新聞』に漱石の「鐘つけば銀杏ちるなり建長寺」が出ている。その年の八月の末に下宿に子規を迎えた漱石が、子規とともに俳句を作りはじめた当初の句である。おそらく子規と同座した句会に出したものだろう。言うまでもなく、二つの句は発想・表現が酷似している。
漱石の下宿を出て東京に戻って行った子規は、その途中で奈良に寄り、奈良と柿を取り合わせた俳句を作ろうとしてさきの句を詠んだ(「くだもの」明治三十四年)。もっとも、漱石の句は寺の風景として平凡であり、子規の句は「柿くへば鐘が鳴る」という表現が飛躍的で意外。子規の句の方が格段に読む楽しみに満ちている。そんな違いははっきりとしているのだが、子規の頭には二カ月前に見た、俳句を本格的に作りはじめたばかりの漱石の句がどこかにあったにちがいない。その漱石の句が刺激、または媒介になって子規の代表作が生まれた。ついでだが、その奈良へ寄った子規の旅費は漱石が出したらしい(談話「正岡子規」明治四十一年)。

(つぼうち　としのり／日本近代文学)

漱石とお弟子

大野　晋

夏目漱石についてまとまったものを読んだといえば小宮豊隆著『夏目漱石』が最初だと思う。中学校の終りのころ、昭和十二(一九三七)年ごろのことである。作品と作家の生活とを結び合わせた記述が、そのころの私に面白かった。

高等学校ではドイツ語の組を選んだので、二年生のとき、菅虎雄先生の授業があった。たしか"Soll und Haben"という小説を読んだ。われわれは、スガトラ・スガトラと呼んで先生を親しく思っていた。先生はおよそ孫に当る年齢のわれわれに、いつも温顔をもって対された。ある時間、先生に「漱石の話をしてクダサーイ」とみんなで騒いだ。「どんなことを知りたいかね」という言葉に、あれこれとやりとりがあった。私はこんなことを言った。

「漱石が伝通院から急に松山に行ってしまったのはどんな事情があったんですか」

小宮豊隆の『夏目漱石』の中に、「その間の事情については菅虎雄が知っているはずである」とあったように私は思っていた。

すると先生は一瞬置いて、ふっと横を向いて「そんなことがあったかねえ」といわれたきりだった。

後年、荒正人さんと話していたとき、この話をした。すると荒さんは「それは書いておかなくては」とメモに年月と人名とを書き込まれた。荒さんの『漱石研究年表』の昭和十四年の欄かどこかにそのことが簡単に書いてあるはずである。

私は大正八(一九一九)年の生れだから勿論漱石に逢ったことはない。ただ、漱石と直接かかわった人が私の先生に三人ある。その一人が菅先生で、他の二人は、安倍能成、小宮豊隆の両先生である。そのことは後で書くつもりだが、その前に、私が漱石の作品から直接漱石の若い頃を想像するという不思議なことがあったので、まずそのことを書くとしよう。

それはずっと後年の昭和四十年代のことである。私は助詞のハとガのことを調べていた。そして漱石の『明暗』と鷗外の『雁』を材料に、ハとガの使い方がどんな具合かを見ていた。ハという助詞は文章の中で「命題の題目の設定」という役目をする。たとえば

人生は短い。海は青い。

のようなものである。ガは「動きを描写・写生する」ときに使う。

花が咲いた。人が通った。

のように。しかし、もちろん文章としては

(a) 津田は一寸向ふの宅の屋根を見上げた。
という形で書くこともでき、
(b) 津田が一寸向ふの宅の屋根を見上げた。
と動的に描写することもできる。『明暗』と『雁』のハとガを調べると、漱石は(a)の型を使って文を作ることが多い。鷗外は(b)の型を使うことがはるかに多かった。つまり、漱石は描写に当って命題的に静態的に文を作っており、鷗外は動的に人物が動くように書いている。それが数字で明らかになった。鷗外は戯曲を書くから、人間の動作を描写的に書くことが多かったことが分った。

その作業を進めていたある時、『明暗』の文章を読んでいると、ふっと、寄席《よせ》の講釈師、噺《はなし》家《か》の口調が文章から聞えてきた。私は東京深川の育ちで、子供のころ寄席によく出入りしていた。漱石も牛込の育ちで寄席にはよく行ったらしい。

漱石の文章には、その頃の講釈師の独特の口調が、かすかにひそんだ形で見えかくれすることがあるのだろう。さもなければ、私がそのかすかな響きを聞くはずはない。それはあまりにもかすかだったので、あとになって、その箇所はどの辺だったかと探してみても見つからなかった。あれは不思議なことだった。

菅先生と同じく、漱石と直接接触のあった人として、安倍能成先生がいる。高等学校の校長として、また後には、学習院の院長としての安倍先生だった。安倍先生はこんなことをいわれた。「僕のアベは安倍《アンバイ》と書くんだ。僕の名前は安倍能成《アンバイヨクナル》と覚えるといいんだ。漱石先生が修善寺で大吐血をなさったとき、一番最初にかけつけたのが僕なんだ。「アンバイヨクナルが来たから、これは治るよ」という話になったんだ」

安倍先生から漱石の話を直接伺ったことはないが、先生が漱石の家に出入りしたころの様子は、芥川龍之介や久米正雄が漱石に送った手紙から想像される。芥川は漱石にこんな手紙を送っている。

先生　また、手紙を書きます。嘸《さぞ》、この頃の暑さに、我々の長い手紙をお読になるのは、御迷惑だらうと思ひますが、これも我々のやうな門下生を持つた因果と御あきらめ下さい、その代り、御返事の御心配には及びません。先生へ手紙を書くと云ふ事がそれ自身、我々の満足なのですから。今日は、我々のボヘミアンライフを、少し御紹介致します。

こういう手紙に対して漱石は次のような返事を書いている。

それから芥川君のの中に、自分のやうなものから手紙を貰ふのは御迷惑かも知らないがといふ句がありました。あれも不可《いけ》ません。正当な感じをあんまり云ひ過ぎたものでせう。False modesty に陥りやすい言葉使ひと考へます。僕なら斯う書きます。「なんぼ先生だつて、僕から手紙を貰つて迷惑だとも思ふまいから又書きます」

こういう手紙のやりとりをする「先生」に私は出逢ったことはない。しかし安倍先生が白髪をふるって、「今日の会で僕は少し酔っている。だから僕は芸術をやるよ」と料理を前に、大勢がやがや坐っている学生に、謡曲をひとふし謡われたことがある。それは本当に率直で、あるがままに心を学生に向けておいでの姿だった。

漱石は、木曜日の晩に、若者たちと会って話す会を持っていた。その会合に倣ってだろう。安倍先生は「一木会《いちぼくかい》」を開いて、毎月の第一木曜日の晩を、誰にでも開放する日にしておいでだった。安倍先生の学生たちへの態度は漱石直伝のものだろうと思われた。しかし私は先生が率直であることがこわかった。一度も「一木会」に行かなかった。私は学年試験の立ち会いに行くのを忘れたことがある。院長室に呼ばれて何ごとかと行ってみると、大目玉をくった。しかし、後年先生は硯や『校本万葉集』を私に下さった。そして、「大野はミカンが好きだそうだ」と、ある日、わざわざ愛媛のミカン一箱、私の家まで自分で運んで来て下さったこともあった。その時私は留守だったので、応対に出た私の親父に私に対する小言も言い残された。

私が学習院に勤めるようになって、文学部長だった小宮豊隆先生にはじめて電話して名乗ったところ「アーオーノクンカ」という声が返って来た。そのような深々とした信頼の心のこもった明朗な言葉を、はじめて電話をかけて来た若者にかえす先生に私は出逢ったことは無かった。

その頃、小宮先生から頂いた葉書がセピア色のインキで書かれていた。私はそうしたインキの選び方にはじめて出逢い、小宮先生は昔、ずい分伊達男だったろうなと思った。

ところが、「ペンにすれば余の好むセピヤ色で自由に原稿紙を彩どる事が出来るので」（『余と万年筆』）という一節があることを最近知った。漱石は、セピア色のインキを好んでいた。ははあ、してみると小宮先生のセピアのインキは、漱石先生の真似なのだ。

私は漱石にぢかに会ったことはない。しかし、漱石という人の、若者に、素手で素足で対した率直さと心深さを、菅、安倍、小宮の三先生を通して見たように思っている。

（おおの　すすむ／国語学）

漱石・西田・亨吉

竹田篤司

ここに西田とは、西田幾多郎、亨吉は、狩野亨吉《かのうこうきち》を指す。後者は漱石の親友。書簡集でも、狩野あての手紙は抜群に多い。

一八六七年生まれの漱石に対し、狩野は六五年、西田は七〇年。幕末維新という急転下、三者はほぼ時を等しくして生まれたと言っていい。漱石と狩野は、大学予備門（一高）を経、やがてそれぞれ、帝国大学文科大学に進学する。哲学科の狩野は八九年（数学科卒業後）、漱石は英文科で九〇年。西田、哲学科で九一年（高校中退の無資格者ゆえ選科だが）。文科大学という共通の場で、三者は一挙に、一年違いで並列した。

教師も学生も少数で、科目も限られていたから、（専攻・年度を問わず）全員が顔見知りだった。「有名な夏目漱石君」とは、と西田は回想して言う、「フローレンツの時間で一緒に〔ゲーテの〕ヘルマン・ウント・ドロテーア」を読んだ。他に、ブッセの哲学、元良《もとら》勇次郎の心理学など、ともに出席したはずである。

他方、漱石の側からの西田への言及は、英国留学中の日記に見られる。「金沢ノ西田〔幾多郎であろう／中略〕ヨリ手紙」云々（一九〇一年七月）。選科修了後、曲折を経て、ようやく四高教授となった西田は、漱石に留学の相談をしたのではないか。結局その夢も叶わず、北国に逼塞したままの西田の眼に、帰朝後、東京に腰を据え、以後華やかな活動を開始する漱石の名は、ひときわ輝かしく映った。「自分を賛する人よりも自分を教ゆる人　自分を非難する人を〔中略〕要し候〔中略〕自己を理解し批評〔し〕くれる社会を有することも必要かと存じ候〔中略〕夏目の productive にして熊本に居りては何者もできなかつたのを見ても分り候」。推定一九〇七年、旧友の国文学者藤岡東圃（卒業年は漱石とおなじ）あて。この年、漱石は一高と東京帝大の講師を辞し、いよいよ朝日新聞社へ入社。その多産な創作活動が、『草枕』を経て『野分』にまで至った年である。

『草枕』に先立つ『猫』には、西田は早々と『ホトトギス』の誌上で接した。「夜夏目氏の「吾輩は猫でござる。まだ名はない」を読む」（一九〇五年一月）。当代知識階級のカリカチュアでもあるこの作に関しては、モデルの詮索が、とりどりに行なわれた。狩野の風貌など、当然大いに盛り込まれているとされる。漱石の作中、「時には学生時代の材料があり、それは自分等も知つてゐるものもあるので、自ら破顔微笑することもある」と、西田も言う。もっとも狩野自身は、「読んで見たが自分のことが書いてあつたかどうか記憶して居らぬ」と素っ気ない。

五高、一高で同僚であったのち、新設の京都帝大文科大学長となった狩野から、漱石が英文学の教授として就任を乞われた話は有名だ。官吏養成所にすぎない東京帝大の向こうを張って、人材を野に求めるという方針から、湖南や露伴が招かれた。漱石は逡巡するが、結局翌年、朝日に入り、職業作家の途を歩む。他方西田は、やがて四高から学習院を経て京都帝大へ赴くが、そのとき学長狩野は、すでに辞任して影もない。爾来三十年、市井の徒となって埋没する。

西田の京大入りは、一九一〇年、処女作『善の研究』の刊行は翌一一年。以後続々と、次なる展開を確実に予告する論考が執筆され、ついに西田自身、「漱石君」と肩を並べる〈productive〉な創作者となる。『善の研究』が世に出たのは、『門』の上梓とほぼ同時である。秀才中の秀才として「洋文学の隊長」を意欲した漱石は、挫折して一転、作家となり、学歴の欠如（選科出は学士になれない）ゆえに苦汁を嘗めた西田は、やがて逆に、哲学アカデミズムの頂点に立つ。そして、――理学・文学双方の学士号を持ち、勅任の高等官二等にまで陞《のぼ》り、総長の椅子も間近だった狩野は、弊履のごとく官位を投げ捨て、陋巷の古物商に身を落す。爛々たる好奇の眼をもって、日夜探究を怠らなかったが、世に顕れた文は計六篇のみ。

一八九〇年前後、ともに帝大文科大学に入学した三人は、それから二十年余、ここに三者三様、生涯の方向を決定づけるに至った。そして漱石は、早くも一九一六年、四十九歳で死に、西田と狩野は、ともに太平洋戦争期まで生き延びて死ぬ（西田、一九四五年、七十五歳。狩野、一九四二年、七十七歳)。

以上が、漱石・西田・亨吉の「関係」を軸とした、各自の生涯の一筆書きである。振り返ったとき、漱石と西田は、たがいに共通する課題に直面してきた。圧倒的な西洋を前に、自己の裡なる日本ないし東洋を如何に対峙させるべきか、である。そしてそのような難問を、自身の生のありようの根本として捉えざるを得なかったところに、両者の真面目があったと言えよう。漱石の摑んだ「自己本位」も、西田のいわゆる「純粋経験」も、それぞれ、苦闘の結果ようやく達し得た到着点であり、と同時に、爾後立脚すべき出発点にほかならなかった。

それにひきかえ、狩野が東西の問題に苦悩した形跡はほとんどない。狩野の精神の歴史における初の大事件は進化論との遭遇とされるが、その衝撃が代々作り上げられてきた狩野の儒教的骨格にどう響いたか、定かではない。おそらく、相剋というかたちではなかったであろう。

現実を如何にしてより客観的に捕捉し得るか。狩野の関心と工夫は、生涯この一点に尽きた。「ピッタリと現実に即して」と、狩野は言う、「現実何物なりやと観察する。其観察が徹底すればするほど、現実其物の性質が明に分つて来る。従つて之を改変する具体案も出来ると云ふことになる」。これこそ一箇の、最も西洋的な思考ではないか。が、にもかかわらず、このような「現実主義」は、狩野の裡に違和や対立を惹起するどころか、むしろ狩野の全生活、全人格そのものとすら化した。漱石や西田の場合のような二項対立の図式は、おそらくそもそも狩野には当てはめ得ない。大学の専攻学科に不得意な数学をあえて選んだ狩野は、日本人、東洋人である前に、まず「普遍人」だった。片々たる狩野の公刊物から、その実体の全容を捕捉することはできない。しかし少なくとも、狩野が発見・共感した安藤昌益の精神を狩野自身のものとして敷衍したとき、目途とされたのが次のものであったことは明白である。東と西というごとき、平面・個別・空間的な「秩序」ではなく、垂直・全体・時間的「秩序」、つまり、ある秩序とあるべき秩序との科学的な比較検討。そしてその検証の結果としての、理性にもとづく後者の実現。

漱石臨終の枕辺へ、狩野は倉皇として駆けつけた。友情を、最後まで尽している。しかし作品は、読まない。講談のほうが面白いと傲語して。(西田との関係も、その哲学をどう考えたかとなると手がかりを欠く。厖大な狩野文書の公開を待つ。)

一隅に追われた、この稀代の秩序志向者を正面へ引き摺り出し、遡ること百十数年の「同期」三人をおなじ土俵上で再会させること、これがわたしの提案である。一世紀間われわれは、(已むなくにせよ)東西という視角へのみ深く傾き、他への顧慮をいささか閑却したのではないかと反省するからにほかならない。

(たけだ　あつし／哲学)

漱石の死と寅彦

山田一郎

夏目漱石と寺田寅彦は熊本の第五高等学校で師弟として相識って以来、深い人間的信愛感で結ばれていた。漱石の寅彦への書簡、寅彦の日記などには師弟の交情がこまやかに語られている。明治三十二(一八九九)年七月、寅彦が五高を卒業し、東京帝大理科大学へ入学するため熊本を去り、郷里の高知へ一旦帰国した時、漱石は次の俳句を作っている。

　寅彦桂浜の石数十顆を送る
涼しさや石握り見る掌《たなごころ》

　送　別
時くれば燕《つばめ》もやがて帰るなり

寅彦が師漱石と死別する前後の日記は、感情をまじえない簡潔な記述であるが、そのために却って寅彦の心情が行間から伝わって来る。大正四(一九一五)年十二月三十日の日記には「午後夏目へ歳暮の羊羹持参」とある。滝田樗陰が来ていた。大正五年一月一日、「午前より廻礼夏目先生方にて雑煮を呼ばれ」ている。

この年は寅彦が胃潰瘍を病み、漱石が死を迎える年である。「父は長上を訪う時、必ず古びた紋服の羽織、袴をつけた」と長男の寺田東一が書いているが、そのような服装で漱石邸へ年始に行ったのであろう。二月二十日、寅彦は前夜から発熱して臥床していた。「手肢麻痺。昼頃夏目先生来訪されたれど面会するを得ず」という状態で妻の寛子が応対した。漱石から「先日は久し振で御尋ね致したる処御病気の為め不得御面語遺憾此事に存候」という見舞状が届いた。三月十二日午後、「夏目先生来訪、画幅印材など見せる」。このような往来がつづいている。

しかし漱石病むとの情報があり、五月十三日に訪ねると「胃痛にて病臥中なりしが、此度は左様《ママ》の事はなき由なり」ということだった。寺田家では夫人寛子の体調が悪く、子供たちも病気つづきだったが、寅彦自身も胃痛に悩んでいた。そういう矢先、十一月三十日の夜、「鈴木三重吉君より手紙にて夏目先生病気の由通知し来る」。十二月二日、雨の中を早稲田の夏目家を訪ねる。「午後夏目先生へ見舞に行く、重態なり。午後四時半再度の出血ありたる如く容体悪くなり、真鍋宮本南三博士と井上安部両学士詰切る」。

夜十一時「安静となりたれば一旦辞し帰る」のだが、三日、寅彦の方も「朝黒色の便通あり」。胃の工合が悪いので尼子医師の診察を受けると、胃潰瘍の疑いがあり、安静を要すると診断された。それでも午後、夏目家へ行くと「経過良好なり」とのことだった。四日、尼子医師が来て検便の結果、「胃出血らしき故絶対静養を要す」と言って帰った。五日、六日、七日と静養し、九日、寛子夫人を代りに夏目家へ見舞に行かせた。
その後へ、「岩波の小僧来り先生の容体危篤を報ず」。これは小林勇かも知れない。あるいは岩波茂雄が少年社員を寺田家へ知らせに走らせたのか。寅彦は尼子医師に許可をもらい、人力車で本郷弥生町の家から早稲田の夏目家へ駆けつけた。

最早百万策つきて唯注射に生をつなぐのみなり　四時頃辞し帰る。夕方中村先生（東大教授）と藤君（同）見舞に来る。

寅彦自身も見舞を受ける体である。漱石の臨終の模様は小宮豊隆、森田草平、内田百閒《ひゃっけん》などがそれぞれ書いている。帰宅した寅彦に追っかけて漱石の死が知らされた。「岩波より使あり先生六時四十分逝去の由なり」。寅彦はそれ以外に何も書いていない。ただ、朝日の記者が「夏目先生の事を聞きに来たれど臥床中故会はず」とあるだけだ。十日、寛子を夏目家に弔問に行かせた。「午後尼子医師来る。大学にて行はれし夏目先生の解剖に立会に来りし由」として剖検記録を記している。十一日の記事には「夜九時頃小宮君来り明日の葬式に呈すべき弔詞を門人総代として認《したた》めよとの事なれ共断る」とある。

十二日、「寛子を青山斎場の葬儀に列せしむ」。寅彦が断わった門弟代表の弔詞は小宮豊隆が読んだ。十五日、「夏目先生初七日法要ありたり、就床中故不参」。十六日、夏目夫人と小宮に手紙を出した。礼節を守ることに厳しい寅彦は非礼を詫びる文章を書いたことであろう。外出の許可が下り、二十八日正午からの雑司谷墓地の遺骨埋葬に出席した。「木枯寒し」とある。

ところで漱石の臨終の日、小宮は「病軀を押して見舞に来た寅彦は無理に病室に押し入るわけにもいかず、悄然として子供部屋の壁にもたれていたが、胃の具合が悪くなって、とうとう漱石の顔を見ず、四時ごろ帰った」と書いている。臨終が近づいたころ、鏡子夫人が筆を取って末期の水で夫の唇を潤した。筆子、恒子、純一、伸六らがこれにならい、隣室に詰めていた森田草平、久米正雄、大塚保治、菅虎雄らが次々に水をつけた。

内田百閒の「漱石先生臨終記」はこの場面に寺田寅彦が現われるのである。「静かに書斎に這入った。窓の近くに病床がある。(略)先生の顔が見えた。青ざめて、激しく動いたあとが消え残って、そのまま静まった顔が、屛風の陰にあった」。注目したいのは次の条《くだ》りである。

先生と同じ様な病気で寝ていられた寺田寅彦氏が、起きて来て、先生の傍に坐っている。筆を取って、先生の脣をぬらしている。そうしてお辞儀をして、そこを起たれた。みんなが同じ事を、静かに行った。

内田百閒は寺田寅彦の幻影を漱石の枕頭に見たのではないだろうか。寅彦は午後四時、辞去したことを日記に書いているし、小宮豊隆も四時ごろに帰ったと書いている。岩波から漱石の死が伝えられた時は死後三十分はたっていたことだろう。内田百閒はしかし別の文章「寺田寅彦博士」でも、漱石の枕頭に寅彦を座らせているのである。

はっきり覚えているのは、漱石先生の最後の枕頭に坐っている寺田さんの姿である。（略）寺田さんの横顔がげっそり痩せ落ちて、色つやも悪く、著ぶくれのした身体の恰好が痛々しかった……

これは寅彦の追悼文の中の文章だが、私はこれを内田百閒の記憶違い、または錯覚と片付ける気持になれない。漱石の「夢十夜」の流れをくみ、夢幻の世界を神秘的に描いたこの特異な作家は、漱石の死の床のかたわらに愛弟子寅彦の姿を如実に見たのではないだろうか。寅彦の心残りの気持が百閒の純粋な気持に映り、あるいは漱石が寅彦を自分の傍に引き寄せ、それが百閒に乗り移ったのかも知れない。百閒は師弟の愛情をそのように自分の心象に去来させたのだろうと、私は感傷的に考えている。

大正五年十二月三十一日の日記に、寅彦は次の一行を記している。

「歳晩所感」

夏目先生を失ふた事は自分の生涯に取つて大きな出来事である

（やまだ　いちろう／寺田寅彦研究）

漱石と二葉亭

後藤明生

漱石の「写生文」は「余は先に「作物の批評」と題する一篇を草して批評すべき条項の複雑なる由を説明した。此篇は写生文を品評するに当つて其条項の一となるべき者を指摘してわが所論の応用を試みたものである」で終っている。「作物の批評」は明治四十(一九〇七)年一月一日の『読売新聞』に掲載された。続いて「写生文」が一月二十日の同紙に載った。漱石が東大講師を辞めて朝日新聞に入社したのは同年四月である。その前の年、漱石は読売新聞社から入社の誘いを受けたが断っている。朝日入社の直前に続けて二篇のエッセイを「読売」に書いたのは、そんな義理意識もあったのかも知れない。しかし二篇とも義理などとはまったく無縁の重要エッセイである。

「作物の批評」は当時の文壇批評批判である。漱石の比喩は単純明快で、ここでは作家と批評家が中学校の生徒と教師にたとえられている。「……融通のきかぬ一本調子の趣味に固執して、その趣味以外の作物を一気に抹殺せんとするのは、英語の教師が物理、化学、歴史を受け持ちながら、凡《すべ》ての答案を英語の尺度で採点して仕舞ふと一般である」、例えば「平淡なる写生文に事件の発展がないのを見て文学でないと云ふ」ような批評であって、漱石の「写生文」はそのような当時の文壇批評への反論である。

私が「写生文」に興味を持ったのは二葉亭四迷がきっかけだった。私は日本近代小説の起源は『浮雲』であると考えて来たが、漱石は二葉亭をどう読んだか。漱石と二葉亭は朝日新聞時代に三度会食している。しかし三度とも社の宴会で小説の話はぜんぜんしていない。二葉亭は明治四十一年、ペテルブルグ特派員としてロシアへ行き、翌年病気で帰国の途中ベンガル湾上で没した。そして漱石は「長谷川君は余を了解せず、余は長谷川君を了解しないで死んで仕舞つた」と追悼文「長谷川君と余」に書いた。追悼文には「『其面影《そのおもかげ》』を買つて来て読んだ。さうして大いに感服した。(ある意味から云へば、今でも感服してゐる。こゝに余の所謂《いわゆる》ある意味を説明する事の出来ないのは遺憾であるが……)」とも書かれている。神田川という料亭でおこなわれた三度目の会食の席で二葉亭は「現今の露西亜文壇の趨勢の断えず変つてゐる有様やら、知名の文学者の名やら(其名は沢山あつたが、みんな余の知らないもの許《ばか》りであつた)……日本人の短篇を露語に訳して見たいといふ希望やら」を語ったらしい。漱石が『其面影』を買って読んだのは、その会食の前である。しかし『其面影』にもその他の小説にもまったく触れていない。あるいは意識的に避けたのかも知れない。それは大いに考えられる。二葉亭が漱石にはちんぷんかんの露国文壇事情を喋りまくったのも、お互いの文学、小説に触れることを回避するためだったとも考えられる。つまり神田川における二人の対面は、やや大袈裟にいえば『史記』における項羽と劉邦の「鴻門の会」的対決だったのかも知れない。二つの中心の楕円的な邂逅だったのかも知れない。

『虞美人草』は明治四十年六月二十三日から連載された。『其面影』は明治三十九年十月〜十二月に連載され、翌四十年に春陽堂から出版された。漱石が買って読んだのはこの本だろうと思うが、漱石は『其面影』と『虞美人草』の女主人公の名前が同じ「小夜子」であることを指摘した一読者からの投書の返事に、『其面影』は読んでいない、と答えている。この件についての詮索はここでは省くことにして、『平凡』はどうだったのだろうか。二葉亭の最後の小説『平凡』は、明治四十年十月〜十二月にかけて『朝日』に連載された。『虞美人草』のすぐあとである。しかも「近頃は自然主義とか云つて、何でも作者の経験した愚にも附かぬ事を、聊《いささ》かも技巧を加へず、有の儘《まま》に、だら〳〵と、牛の涎《よだれ》のやうに書くのが流行るさうだ。好い事が流行る。私も矢張り其《それ》で行く。で、題は「平凡」、書方は牛の涎」(第二回)といった調子で、自然主義の痛烈な諷刺、パロディである。

漱石は「写生文」で当時の文壇小説＝自然主義派の小説を「普通の小説」と呼んでいる。そして例の単純明快な比喩を用いて徹底的に批判している。まず第一。「普通の小説」は泣いている人間を作者も泣きながら書いて読者を泣かせる。しかし写生文家は泣かずに書く。「そんな不人情な立場に立つて人を動かす事が出来るかと聞くものがある。動かさんでもいゝのである」「無暗《むやみ》に泣かせる抔《など》は幼稚だと思ふ」という、ほとんど「反小説」的に過激な「反感動」論である。次は文体。「反小説」的「反感動」論の当然の形として写生文は「滑稽の分子を含んだ表現」となる。「道化」の要素も加わる。それは「余裕」すなわち対象との距離ということである。第三は、「普通の小説」が傑作の絶対不可欠条件としている「筋」「趣向」をまったく無視した「無始無終」の「反物語」論である。そして最後に、セルバンテス、ギャスケル、オースチン、ディケンズ、フィールディングなどピカレスク系の作家と作品を並べ、それらは写生文とある種の共通性を持っているが、もちろん同じものではないといっている。

つまり漱石は、写生文を認めようとしない当時の文壇批評を批判しながら、写生文そのものに対しても、「其態度も亦《また》東洋的で頗る面白い。面白いには違ないが、二十世紀の今日こんな立場のみに籠城して得意になつて他を軽蔑するのは誤つてゐる」と、きちんと釘を刺している。また同時に「写生文」は『虞美人草』連載を前にした漱石の「小説宣言」だともいえる。ただし「写生文」というタイトルは誤解を招きやすい。子規との関係で、リアリズム＝写実主義的な写生論として読み過ごされて来たのではないか。これほど過激なエッセイが余り重視されなかったのは、タイトルのせいもあったのではないかと思う。

二葉亭は最後まで自分は「文士」ではないといい張り続けた。この「反文士」は「写生文」における「反普通の小説」につながっている。『浮雲』とドストエフスキーの『分身』の関係はすでに『小説は何処から来たか』(白地社)などに書いたので繰り返さない。またツルゲーネフの翻訳『あひびき』が自然主義作家に与えた影響と『浮雲』の挫折との関係も同様であるが、プーシキン、ゴーゴリ、ドストエフスキーのロシア文学におけるペテルブルグ幻想喜劇派の系譜は、漱石が挙げた西欧ピカレスク派の系譜につながる。そして二葉亭は、ペテルブルグ幻想喜劇派の方法で明治近代知識人＝内海文三における「和魂洋才」の混血と分裂を書いた。

私が、もし漱石が二葉亭の生前に『浮雲』を読んでいたら、と考えたのはそのためである。もし『浮雲』をめぐる二人の対話がおこなわれたとしたら、という空想的日本近代文学史である。しかしいまは、逆に読まなくてよかったと思っている。あるいは漱石は『浮雲』も『平凡』も読んでいたのかも知れない。しかし、いずれにせよ漱石の二葉亭四迷論が存在しないことによって、われわれはいま漱石と二葉亭を自由に比較し、重ね合わせて読み直すことが出来るのである。

（ごとう　めいせい／作家）

千駄木の漱石・鷗外

森 まゆみ

私は夏目漱石の後期の小説の良い読者とはいえない。よく読み返すのは書簡集で、彼のフランクな、後輩への情宜に満ちた手紙を読むと、人生捨てたものじゃないと思う。これは心弱くある日、めくるべき本である。

もう一つは『吾輩は猫である』。子どもを寝かせる前にもよく読んできかせた。子どもにも十分わかる小説なこともあるが、当時家族で住んでいた千駄木一丁目二番地は、珍野苦沙弥邸のモデル、当時の千駄木町五十七番地のすぐ近くでもあった。猫が捨てられた太田ヶ原の池のま上にあたり、この細い坂を猫はヨロヨロと上ってまん前の家に跳び込んだんだろうね、と子どもと話した。いまそこは日本医大の同窓会館になっており、川端康成の筆による「夏目漱石旧居跡」の石碑が立つ。が、ここには「鷗外旧居跡」とも書くべきである。

森鷗外は、ドイツ留学から帰国し、初婚に破れたあとの明治二十三(一八九〇)年十月、この家に弟二人と住んで千朶《せんだ》山房と称した。すでに世に現われていたが、ここでなされた仕事は、小説よりも、坪内逍遥との没理想論争など批評が多い。二十五年一月になって、鷗外は同じ千駄木町二十一番地に土地を見つけ新築して転居したので、五十七番にいたのは一年半ほどである。

片や夏目漱石は明治三十六年三月三日、イギリス留学を終え、一高及び東京帝大の英語教師の職につくために、通うのに便利な「駒込の奥」に越してきて、三十九年の暮れまでこの同じ家に四年弱住んだ。ここで『吾輩は猫である』『坊っちゃん』『二百十日』などを書き、次に西片町に越すときはすでに国民的作家となっていた。

すなわち漱石が五十七番地にいた四年間、鷗外も同じご町内に住んでいたのだから、どこかでバッタリ会うということはなかったのだろうか。鷗外の家から藪下道を歩き、太田ヶ原の旧大名屋敷の小道を、二、三度曲がると漱石の家の前から本郷通りへ抜ける。鷗外は『青年』の中でも、その辺りの道をよく描いている。道ぞいには『細木香以』に登場する願行寺もあり、夕食後、本郷へ散歩や古本屋をたずねるにも通ったはずの道である。

たしかに、年譜を重ねあわせると、漱石が千駄木にいて、「太平の逸民」を気取った時期は日露戦争とも重なり、鷗外は陸軍第二軍の軍医部長として二年ほど戦地に行って不在であった。そのこともあろうが、会った形跡がない。

いままでこの両者は二度ほどしか会っていないとされてきた。鷗外自身もアンケートにそう答えている。一回は明治二十九年一月、根岸の正岡子規宅の句会で、もう一度は明治四十年十一月洋行する上田敏の歓送会である。

最初に会ったとき、文久二（一八六二）年生れの鷗外は三十四歳で日清戦争から帰り、陸軍軍医学校長である。すでに文学者としても高名で、「めざまし草」を主宰、露伴、緑雨らと「三人冗語」で評論にも気を吐いていた。露伴、緑雨、子規は五歳年下の友人で、漱石も彼らと同い年である。漱石の方はこの年二十九歳、まだ無名の松山中学の英語教師であった。

漱石書簡集のごく初期、明治二十四年八月三日子規あて書簡に、鷗外作品の有名な評がある。「鷗外の作ほめ候とて図らずも大兄の怒りを惹き申訳も無之是も小子嗜好の下等なる故と只管《ひたすら》慚愧致居候……」。漱石はおそらくドイツ三部作中のただ二短篇を読んで「当世の文人中にては先づ一角ある者と存居候」と見きわめている。しかしドイツを舞台にしたロマンティシズムの小説は国粋保存、反欧化の子規の意に反したのであろう。子規は漱石を「洋書心酔」だと非難したらしく、漱石は「日本好きの君」に面目ないと書いた。しかし鷗外の才能を認めることを辞さず、「結構を泰西に得　思想を其学問に得　行文は漢文に胚胎して和俗を混淆したる者」と的確に批評している。

これだけ正確に読める漱石が五年後、子規の新年句会で、鷗外を意識して観察しなかったはずはない。一方の鷗外は漱石に何を感じただろうか。そもそもその日、何人の客が会したものか、興味を魅かれる所である。

明治三十五年、鷗外は文学と長らく離れていた任地小倉から、新妻を伴って帰り、一方の漱石は翌年一月、不愉快の二年をすごしたイギリスから帰り、両者ともに千駄木に住んだ。漱石は『吾輩は猫である』を書き出す。明治三十八年大晦日、漱石から弟子の鈴木三重吉宛の手紙。「早稲田文学が出る。上田敏君抔《など》が芸苑を出す。鷗外も何かするだらう。ゴチやゝゝメチやゝゝ其間に猫が浮きつ沈みつして居る。中々面白い。猫が出なくなると僕は片腕もがれた様な気がする。書斎で一人で力味んで居るより大に大天下に屁の様な気焔をふき出す方が面白い。……」

漱石の、千駄木の家主で友人の斎藤阿具は、夏目君は〈とやかく世間に広告されるのを嫌う人〉であり、小説を書いて〈進んで世に知られよう〉としたのでなく、子規の創刊した「ホトトギス」が続くのをたすけようと『猫』を書いたのだという。

それも一種肯ける意見だが、同時に大学での講義にウンザリしていた漱石が、〈懐手して世の中を小さく暮らす〉方法として文芸に活路を求めたのが千駄木時代でもある。書き出してみると『猫』の執筆は彼にとってセラピーでもあり、生きがいになった。

明治四十年十一月二十五日、鷗外と漱石の二度目の出会い。すなわち上田敏の壮行会で、鷗外・漱石は主賓のような形でスピーチをした。その後も美術展第一回青楊会や小松原文相の招待会と計四回は会っているという(伊狩章『夏目漱石と森鷗外』)。

しかし両者はそれ以上親しくなることはなかった。書簡からは、著書の贈り合いをしたことが知られる。知人の引見はじめ頼み事も一、二あった。双方をともに知る人もいた。それでも文壇の両頭目と目される二人が、それぞれのスタンスを守りこのくらいの淡い行き来ですんでいた、明治という時代が不思議に思える。

大正五年十二月九日、漱石が四十九歳で死去。その葬式に現われた紳士のただならぬ威容を見て、受付の芥川龍之介が驚いたという有名な話がある。その五歳年上の鷗外はあと五年と七ヶ月を生きた。

鷗外はオープンで公平な人であったから、漱石を認め尊重した。漱石の『三四郎』に技癢《ぎよう》を感じて再び小説の筆を取ったとも率直に書いている。『青年』中の漱石がモデルとされる平田拊石の講演は、実際その話を聞いた人でなくては書けぬようなものである。

一方、「角立たぬ人」として市井に生きようとした漱石にとっては、博士号授与や文芸院問題はじめ、「官僚的なるもの」に反発を覚えていたから、その気持をとくに後年、代表して鷗外にぶつけたように思えてならない。地方出身者の鷗外と江戸っ子の漱石、外国好きと外国嫌いなど、いくつもの違いがあった。

それはそれとして、鷗外が入った千駄木の草津湯に漱石もつかったはずだ。そんな生活上のささいなことをもっと知りたい気がする。

（もり　まゆみ／作家）

VI 作家の面影

佐伯一麦「拝啓　夏目漱石様」……第二十四巻（月報26）一九九七年二月
大野淳一「金之助少年の作文をめぐって」……第二十六巻（月報25）一九九六年十二月
原武哲「漱石の種痘「届」」……第二十六巻（月報25）一九九六年十二月
奥本大三郎「漱石という雅号」……第十三巻（月報13）一九九五年二月
半藤末利子「母からきいた夏目家のくらし」……第十四巻（月報16）一九九五年八月
岩橋邦枝「漱石の親切」……第五巻（月報5）一九九四年四月
山田風太郎「漱石の落第」……第二巻（月報2）一九九四年一月

拝啓 夏目漱石様

佐伯一麦

とうに大正の昔に眠りの中へ帰着した貴方に、機会あって御手紙差し上げます。明治の文豪に向かって手紙を書くなど、畏れ多いと逡巡する気持ちもあったのですが、貴方は手紙を出すのも貰うのも好きな人柄だった様で、森田草平に宛てた長文の手紙（明治三十九年一月七日）の中で、

「長い手紙を頂戴面白く拝見致しました。御世辞にも小生の書翰が君に多少の影響を与へたとあるのは嬉しい。（略）小生は人に手紙をかく事と人から手紙をもらふ事が大すきである。そこで又一本進呈します」

と書いていたり、また芥川龍之介が、自分のようなものから手紙を貰うのは御迷惑かも知らないが、というようなことを書いてきたのに対して、それは「False modesty」（間違った遠慮）に陥りやすい言葉使いだと諭した上で、

「僕なら斯う書きます。「なんぼ先生だつて、僕から手紙を貰つて迷惑だとも思ふまいから又

書きます」」

と書いているのですから、私も変な遠慮などせずに、思い切ってペンを執ることにしました。

それから、明治三十八年十一月九日鈴木三重吉あての手紙の末尾に、貴方は、

「三重吉さん。先生様はよさうぢやありませんか、もう少しぞんざいに手紙を御書きなさい。

あれはあまり叮嚀過ぎる」

と付け加え、磯田多佳あての手紙(大正四年五月三日)には、

「君の字はよみにくゝて困る。それに候文でいやに堅苦しくて変てこだ。御君さんや金ちゃんのは言文一致だから大変心持よくよめます。御多佳さんもこれからサウドスヱで手紙を御書きなさい」

と書いていることですから、私も言文一致で、のびのびとこの手紙を書くことにします。

もっとも、私が現在住んでいる仙台の方言については、貴方が英国で留学地を選定する際に、

「此度は「エヂンバラ」か「ロンドン」かと考へ出した「エヂンバラ」は景色が善い詩趣に富んで居る安くも居られるだらう倫敦は烟と霧と馬糞で塡つて居る物価も高い、で余程「エヂンバラ」に行かうとした」

と言いながらも、唯一の不都合があるとして、

「「エヂンバラ」辺の英語は発音が大変ちがう先づ日本の仙台弁の様なものである切角英語を

学びに来て仙台の「百ズー三」抔《など》を覚えたつて仕様がない」（明治三十四年二月九日　狩野亨《かのうこう》吉《きち》・大塚保治・菅虎雄・山川信次郎あて）

とくさしているくらいですから、ズーズー弁だけは控えておくことにしますが。

さて、今日は、一月十二日で、正月気分もようやく抜けて仕事に取り掛かっているところです。本来なら、この原稿も昨年の内に書き上げるつもりだったのですが、編集者に頼んで締切りを延ばしてもらったのです。

電話でそれを頼みながら、貴方が高浜虚子あての手紙（明治三十八年十二月三日）で、「十四日にしめ切ると仰せあるが十四日には六づかしいですよ。十七日が日曜だから十七八日にはなりませう。さう急いでも詩の神が承知しませんからね。（この一句詩人調）とにかく出来ないですよ。今日から帝文をかきかけたが詩神処ではない天神様も見放したと見えて少しもかけない。いやになつた」

などと弁解しているのを思い出して苦笑させられました。そうして年内の締切りから解放されて、この暮れから正月にかけては寝て暮らしました。貴方の手紙の中の言葉で言えば、さしずめ、

「けふは大三十日《おおみそか》なりとて家内中大さわぎなるに引きかへ貧生のありがたさは何の用事もなく只昼は書に向ひ膳に向ひ夜は床の中にもぐりこむのみ気取りて申さば閑中の閑、静中の静を

領する也俗に申せば銭のなきため不得已《やむをえず》握り睾丸をしてデレリと陋巷にたれこめて御坐る也」（明治二十二年十二月三十一日　正岡子規あて）

といった次第でした。そうして専ら貴方の書簡集を繙《ひもと》いておりました。

思えば私は、文学生活を送る上での処世についての事を貴方の書簡から随分と教わって来ています。貴方の書簡には、誠実な心情の吐露があり、歯に衣きせぬ率直でときには辛辣な表現があり、そして宛先の人間に応じた適切で自在な語り口が見られるのが魅力で、私は小説にも劣らず愛読しているのです。

私がよく読んでは、慰められたり、然《しか》りと膝を打つ心地にさせられたり、励まされたりする書簡の文句をいくつか引いてみます。

「此頃は何となく浮世がいやになりどう考へても考へ直してもいやで〳〵立ち切れずさりとて自殺する程の勇気もなきは矢張り人間らしき所が幾分かあるせいならんか」（明治二十三年八月九日　正岡子規あて）

「学問は智識を増す丈の道具ではない性を矯《た》めて真の大丈夫になるのが大主眼である真の大丈夫とは自分の事ばかり考へないで人の為世の為めに働くといふ大な志のある人をいふ」（明治三十五年三月十日　夏目鏡子あて）

「君弱い事を云つてはいけない。僕も弱い男だが弱いなりに死ぬ迄やるのである」（明治三十

九年二月十三日　森田草平あて）

「すべてやり遂げて見ないと自分の頭のなかにはどれ位のものがあるか自分にも分らない」（明治三十九年二月十五日　森田草平あて）

「吾人の世に立つ所はキタナイ者でも、不愉快なものでも、イヤなものでも一切避けぬ否進んで其内へ飛び込まなければ何にも出来ぬ」（明治三十九年十月二十六日　鈴木三重吉あて）

「折角だけれども今借して上げる金はない。家賃なんか構やしないから放つて置き給へ。（略）君の原稿を本屋が延ばす如く君も家賃を延ばし玉へ」（明治四十二年八月一日　飯田政良あて）

「漸々寒くなるので日の遠い書斎がいやになる日当りのいゝ家をたてゝごろ〳〵してゐたい」（明治四十四年十一月二十二日　野村伝四あて）

まだまだ沢山あるのですが、紙幅が限られておりますので、この辺で止しておきます。

もちろん私は、貴方の面影も肉声も知りません。けれども、それらの書簡を通して、文豪などではない、小説を書いて苦労しながら慎ましく生活した一人の男と対座している思いに捉われます。そして、その人間が発している静かな熱がほの伝わってくるのを覚え、心が温まるのです。

貴方も書簡の中で引いているシエークスピアの『テンペスト』の中での台詞、

《We are such staff
As dreams are made on ; and our little life
Is rounded with a sleep.
（われわれは夢と同じ材料でつくられていて、
われわれの小さな生は眠りに囲まれている）》

という感覚は、私にも親しいものです。私もまた、一回きりの人生を送った後、大きな眠りの中へと帰着するのだと考えています。

ところで今年は丑年です。晩年の貴方が、文壇のトバロにさしかかったばかりの無名の大学生だった芥川龍之介と久米正雄に宛てた手紙（大正五年八月二十四日）の中の文句のように、ともあれ私も生ある限りは、根気のある牛になって、うんうん死ぬまで人間を押したいと思っています。艸々頓首

（さえき　かずみ／作家）

金之助少年の作文をめぐって

大野淳一

『漱石全集』第二十六巻所収の最初の作文、もちろんまだ漱石ではない少年塩原金之助の『正成論』(明治十一年)は、友人の主催する回覧雑誌に掲載されたものというから、自発的に執筆されたものであろう。しかし学校の課業としての作文ではないにしても、楠正成という主題そのものが学校教育にも反映していた時代の趨勢を感じさせる。維新後歴史上の人物や幕末維新の功臣も含めて勤皇派・討幕派の人物が次々に顕彰される中でも正成は際だって高い処遇を受けているからである。明治新政府の彼らへの主な顕彰方法は、一つは文字通りの神格化、もう一つは贈位で、もちろん一般的なのは後者である。

正成については、慶応四(一八六八)年明治改元に先立って勅令湊川神社創祀御沙汰書が出され、正成戦没の地に同神社創祀が命じられた(明治五年鎮祭)。戦前は別格官幣社であった。また、これは漱石の作文よりも後になるが、明治十三(一八八〇)年に正一位が贈られている。これは暗殺直後の大久保利通が正二位(明治十一年)を贈位されているのと比べても分かるとおり破格の扱いである。ちなみに湊川に「嗚呼忠臣楠子之墓」と刻んだ墓碑を建て、また『大日本史』を編纂して南朝正統論の一つの源とした徳川光圀は維新後まもなく従一位(明治二年)を贈られている。

なお丸山眞男氏「荻生徂徠の贈位問題」(『丸山眞男集』第十一巻)は、徂徠には遂に贈位されなかったという問題を様々に論じており、明治政府がこの方法を(顕彰しないという選択も含めて)人物評価についてどのように活用したか知ることができる。

話が後先になったが、金之助の作文自体は四百字詰め原稿用紙一枚にも満たず、特に注目すべき歴史認識や人間観が見られるわけではない。むしろ掌編の中に正成の事跡を要領よくまとめ、同時に漢文訓読調の慣用的表現を使いこなしている点を特色とすべきだろう。成人後の文章で正成に触れたものを見ても、一般的な意味での歴史上の著名人(『中味と形式』等)、ないし意志の発現の典型例(『文芸の哲学的基礎』)として触れているほかは、笹川臨風宛書簡(明治四十四年六月二十五日)に「正成の書は美事に見受申候」とある位で、特にこの武人に傾倒していることもなさそうだからである。やはり「僕の小児の時分は楠正成論とか漢高祖論とかいふのが流行つたものだ」(明治三十九年六月二日付森巻吉宛書簡)ということであろう。光圀の『大日本史』と並んで勤皇思想のバイブルであった『日本外史』の著者頼山陽を、のちの漱石が全く評価していないことなども思い出されるところである(『草枕』、談話『余が文章に裨益せし書籍』等)。

『正成論』以外の作文はいずれも高等中学校本科在学中のもので、文体はより和《やわ》らかなものに変わっているが、これらは学校で課された作文であるから、金之助自身の嗜好の変化ということではあるまい。慣用や古典古歌を踏まえた表現、またそうした伝統的な修辞を駆使しつつ手際よくまとめている点は前者と共通ともいえ、漢文の作文『観菊花偶記』(第十八巻所収)と同じく教師の評価も高かったと思われる。

注解で触れた部分もあるが、たとえば『山路観楓』(明治二十二年)中の古典の豊かさ、秋と鹿と紅葉の取り合わせ、「言の葉の風情なく色香のにほはざるは野分にや」の諧謔など、手慣れた感じすらする。翻訳である『二人の武士』についても「鎌倉時代の軍記物を思わせるような訳文だが実に見事な和文と化してる」(平川祐弘氏『「二人の武士」――ハーンや漱石を通して見た西と東のナショナリズム』)という評価がある。

しかし作家漱石の淵源を知ろうとする目には、むしろ彼自身を伝えていないように見える。「杣人《そまびと》もにしき着るらし今朝の雨に紅葉の色の袖に透れば」の錦と紅葉の対比も、『吾輩は猫である』の迷亭なら「此日や天気晴朗とくると必ず一瓢を携へて墨堤に遊ぶ」類と冷評するかも知れない。おそらく秀才金之助の筆が課題に合わせて伝統的な修辞を忠実に追うあまり、自身を離れてしまう傾向を生んでいるのであろう。

あはれ塵の世に生れてはかはり行くわが身の上をうれひ〳〵て老ぬべきかかな(『対月有感』明治二十二年)

君は塵の世をすてゝ山秀で水清きふるさとに草の庵りをむすびわれは都のちりに埋れて名利のちまたにさまよふ(『故人到』明治二十三年)

こうした一節も、同時代への痛切な違和感とでも読むべきかもしれないが、いささか「老成」しすぎている観がある。帝大進学を目前にした高等中学校生徒夏目金之助は、いかなる「名利のちまたにさまよ」っていたのか。本科での専攻決定に当り米山保三郎の忠告もあって「名利」以外の観点から英文学が選ばれた(談話『落第』)のもよく知られたエピソードである。少年が「かはり行くわが身の上をうれひ」わが「老ぬべき」さまを思うこともあろうが、一方「洋文学の隊長とならん」(明治二十四年八月三日付正岡子規宛書簡)との昂揚に身をまかせた瞬間もあったはずである。揚げ足取りめいた例をあげれば「草のいほり」(『対月有感』)や「柴の戸」(『故人到』)も、町名主の家に相応しい形容ではあるまい。

どうもこれらの作文には、金之助少年の学力はよく現れているが作家漱石への道が示されているとは言い難いようである。しかしこの時期の金之助が自らの表現について無為に過ごしていたわけではない。ただそれについて考えたり試行したりする主要な場はこれらの作文ではなかった。主要な場とは同じく自らの表現を手探りしていた子規との交流である。

子規は明治二十二年『七草集』、二十三年『銀世界』、二十四年『かくれみの』を脱稿し友人間に回覧した。いずれにおいても多様な文体あるいは主題が追求されており、真剣な模索の努力が窺われる。たとえば『七草集』では秋の七草に準《なぞら》えて漢文・漢詩・和歌・俳句・謡曲・論文・擬古文小説という七種が試みられている。漱石もそれに巻き込まれるように子規の作すべてに批評を寄せ、その中には和文について「僕君が明治の西鶴たらずして冥土の西鶴の再生たらんとするを惜む」(『かくれみの』評)との一節もあった。しかしまず自ら編んで子規に示したのは漢詩文集『木屑録《ぼくせつろく》』(明治二十二年)である。課題作文ではなく自らの表現として選んだ文体がこれであった。「一体に自分は和文のやうな、柔かいだら〳〵したものは嫌ひで、漢文のやうな強い力のある、即ち雄勁なものが好きだ」(談話『余が文章に裨益せし書籍』)。

もちろんこの漢文趣味から作家漱石までの距離はまだはるかに遠い。そこにはいくつもの関門があったはずだが、子規との関わりで忘れられないのは「筒袖や秋の柩《ひつぎ》にしたがはず」との追悼の句を含む書簡である。子規の訃報に接した時、漱石は「不愉快」に満ちたロンドン留学の最後の時期を迎えていた。

文章抔《など》かき候ても日本語でかけば西洋語が無茶苦茶に出て参候。又西洋語にて認《したた》め候へばくるしくなりて日本語にし度《たく》なり、何とも始末におへぬ代物と相成候(明治三十五年十二月一日付高浜虚子宛書簡)

この文体喪失の体験の後でなければ、作家漱石は生まれなかった。

(おおの　じゅんいち／日本近代文学)

漱石の種痘「届」

原　武　哲

一九七八年夏、私は熊本大学法文学部（当時）で旧制第五高等学校資料を調査していて、「教授 夏目金之助」と書かれた一通の「届」に遭遇し仰天した。「私儀本年一月以后種痘相済居候につき右御届及候也」とあり、日付は「三月二十七日」、届け先は「第五高等学校長　中川元殿」とある（『漱石全集』第二十六巻参照）。

明治三十二（一八九九）年二月二十八日付「九州日日新聞」（現、熊本日日新聞）によると、

「●天然痘発患（長崎）　米国郵船チャイナ号は去二十四日午前香港より長崎に入港せしが航海中乗客支那人一名天然痘に罹りしを発見し女神に引留められ患者は同所避病室に送致の上同船には消毒を行ひたりとの報あり」

とあり、三月十五日付では、

「●天然痘の猖獗　本月一日より熊本市に於て数名の天然痘一時に発生せしより漸次蔓延の兆候を呈し今や其病毒は殆ど全市内に瀰蔓《びまん》するに至りしのみならず延びて接近地なる飽託郡

の各村に及ばんとする有様なるが一昨夕まで本県衛生課に達せし患者報告に依れば

熊本市　十八名　飽託郡　十二名

宇土郡　一名　合　計　三十一名

を出すに至り尚昨日は右の外数名の新患者報告達したる由なれば彼れ是れ四十名近き罹病者となりたり」

とあり、さらに同日付は、

「●大に種痘を行ふ　近頃県下に於て天然痘流行の端を発せしより徳久知事は之が予防を期するため大に種痘を行ふことを郡市役所町村役場及警察署に訓令せり其全文左の如し

県下熊本市及飽託郡宇土郡に於て天然痘発生し流行の兆候有之《これあり》今にして予防の方法を施すにあらざれば如何なる惨害を蒙むるやも保し難し依て各市町村に於ては来四月二十日迄に未種痘者は勿論再三種を経へ《ママ》たる者と雖も年齢五十年以下にして種痘善感後五年を経過したる者は無洩《もれなく》接種せしめ伝染の不幸に陥らざる様取計ふべし但種痘施行の日時場所は予《あらか》じめ市は直に町村は郡役所を経て県庁に報告すべし」

と知事訓令を報じている。第五高等学校でも、

「熊本県下各地ニ於テ目下天然痘発生シ漸次蔓延ノ兆候有之衛生上忽諸《こっしょ》ニ付スベカラザル次第ニ付本年一月以降未種痘ノモノハ此際各自種痘致様致サルベシ

但本年一月以降種痘ノ者ハ医師ノ種痘証ヲ添ヘ其旨届出ラルベシ

右訓令ス

明治三十二年三月十六日

第五高等学校長　中川　元」

と訓令を発した。ところが届け出ない者が多かったとみえて、二十五日付で、「種痘届督促ノ件」として種痘届の督促の訓令を出している。漱石の「届」はその訓令に応じて自己申告の種痘届を提出したものと思われる。

『吾輩は猫である』の猫の主人英語教師珍野苦沙弥は痘痕面《あばたづら》である。実は子どものころ種《う》えた疱瘡《ほうそう》を腕に種えたのが、痒《かゆ》くて顔中引き掻いたので、噴火山が爆発して熔岩が顔に流れたように伝染し、親の生んでくれた美顔を台なしにしてしまった。先生は細君に向かって疱瘡をせぬうちは玉のような男児であったという。浅草の観音様で西洋人がふりかえって見たくらい奇麗だったと自慢する。物心ついて以来、苦沙弥先生は痘痕について心労懸念し、あらゆる手段を尽くしてこの醜態をもみつぶそうと努力した。往来を歩く度に痘痕面の人数を勘定し、性別、場所をことごとく日記に記して考察した。洋行帰りの友人が来ると、「西洋人にもあばたがあるかな」と聞く。鏡に自分の顔を写し、あらん限りの空気をもって頰をふくらませた先生は、手のひらで頰をたたきながら「此位皮膚が緊張するとあばたも眼につかん」と独り言を言っている。

この苦沙弥は漱石自身をカリカチュアしたもので、『道草』の主人公健三のように、四、五歳のころ、医学未発達のため粗悪な種痘が原因で本疱瘡を誘い出し、転げ廻って総身の肉体を所嫌わず掻きむしって痘痕を作ってしまった。

漱石は成人してからもよほどこの痘痕を気にしていたと見えて、正岡子規宛書簡(明治二十四年七月九日)で「只一軒おいて隣りに円遊〔三遊亭〕を見懸けしは鼻々おかしかりしなあいつの痘痕と僕のと数にしたらどちらが多いだらうと大に考へて居る」と書いたり、眼科医院に行き、思いがけなく好感をもっていた娘に再会し含羞赤面した思いを痘痕に託して詠みこみ「朱顔を燬《や》き尽くして痘痕爛《ただ》る」という七言絶句(明治二十四年七月二十四日)を子規に送ったりしている。

英国留学中、妻鏡子宛に、ロンドンに来てみると男女とも色白く服装も立派で、下女のような者でもなかなか別嬪《べっぴん》だ、「小生如キアバタ面ハ一人モ無之《これなく》候」と手紙(明治三十三年十月二十三日)に書いている。ヒポドロウム劇場に見物の「帰リニ bus ニ乗ツタラ「アバタ」ノアル人ガ三人乗ツテ居タ」(明治三十四年三月三十日日記)と西洋人の中に痘痕を見出だし、安堵して日記に書き残すなど苦沙弥を髣髴《ほうふつ》とさせる。また、明治三十八、九年の「断片三三」には「西洋人の痘痕。痘痕不滅。頬をふくらす。気の小さいのをかくす如し／二三間隔つて見る。鏡。

あたまを五分に刈つた事。／小供あばたの意味を問ふ。アバタの数。痘瘡の転居」とあり、おそらく『吾輩は猫である』の創作メモであろう。

漱石は幼年期に親類の者から「イモ金」と言われ、予備門学生時代は「疵面漢」と自称し、愛媛県尋常中学では数え唄で「七ツ夏目の鬼瓦」とあだ名をつけられ、子規宛書簡では「平《たいらの》凸凹《でこぼこ》」と戯称した。痘痕は漱石にとって身体的ハンディキャップであり、最も気になるウィークポイントであった。彼はこの身体的欠陥を拒絶(怒り・羞恥)や無視ではなく、これを逆手に取って開き直り、自虐的に自己を戯画化、滑稽化した。肉体的欠損を材料にして笑いとばす余裕を醸し出し、客観化、相対化することにより、芸術、文学として昇華したのである。

五高教授夏目金之助は種痘証の提出を迫られた時、かつて天然痘の痒さのあまり体中を掻きむしって泣きわめいた苦い記憶をよみがえらせたに違いない。既に天然痘の免疫を痘痕面の上に実証している彼は、今さら種痘する必要性を認めず、とは言え、届けを義務付けられている高等官六等教授夏目なにがしであってみれば、躊躇することなく、「本年一月以后種痘相済居候」と自己申告の「届」を書いたことであろう。かくて現代のわれらは、千円札の修整された痘痕なしの漱石先生の拝顔の光栄に浴しているのである。

（はらたけ　さとる／日本近代文学）

漱石という雅号

奥本大三郎

今、正岡子規の墓に詣でて帰ってきたところである。子規居士の墓は田端の大龍寺、千駄木の私の家からは歩いて十五分ばかりのところにある。

「漱石」という雅号について、同じ雅号を持っていた人は、夏目漱石以外に何人もあるという話を書こうと思ったら、そもそも雅号とは何か、いろいろ考え出してまとまらなくなった。

今日は急に寒くなった日で、晴れて空は青いのに風が冷めたい。昨日まであんなに暖かかったのに、まったく分からぬものだと思いながら、晩秋の日曜の、誰も居ない寺の境内を通り抜け、墓地の隅にひっそりと在るその墓の前に立つ。質素な花が供えられている。それを見ると、結核性カリエスで苦しみぬいて死んだこの人の痛みも止んで久しいのだ、という実感があった。幼時に同じ病気で、あの、何とも彼とも身の置きどころのない痛さを多少とも味わった私には、子規という名と痛みとを切り離して考えることが出来ないのである。

漱石の雅号と子規とは大いに関係がある。すなわち、夏目金之助が、恐らく初めて漱石という雅号を用いたのは、明治二十二(一八八九)年、子規の文集『無何有洲七草集』に書き入れた批評において、であった。

その前年の七月から九月まで、暑中休暇を子規は向島長命寺で過ごす。その境内に桜モチを売る店があり、おろくさんという美しい娘がいた。子規はこの一夏の想い出を実に七つの形式で文章にした。漢文、漢詩、短歌、俳句、謡曲、論文、擬古文小説。これが『七草集』である。子規はこれを友人間に回覧したが、その中に夏目金之助がいた。夏目も漢文、漢詩は大好きである。さっそく、『七草集』の巻末に感想を漢文で記し、九首の七言絶句でしめくくった。その一首で子規とおろくさんの仲を冷やかしている。

長命寺中鬻餅家
当壚少女美如花
芳姿一段可憐処
別後思君紅涙加

まさに月並みであるけれど、一高生夏目金之助がにやにやしながらも、一方できわめて真剣に筆を振うさまが目に見えるようである。学問として研究しなければならぬ英文学で味わう一

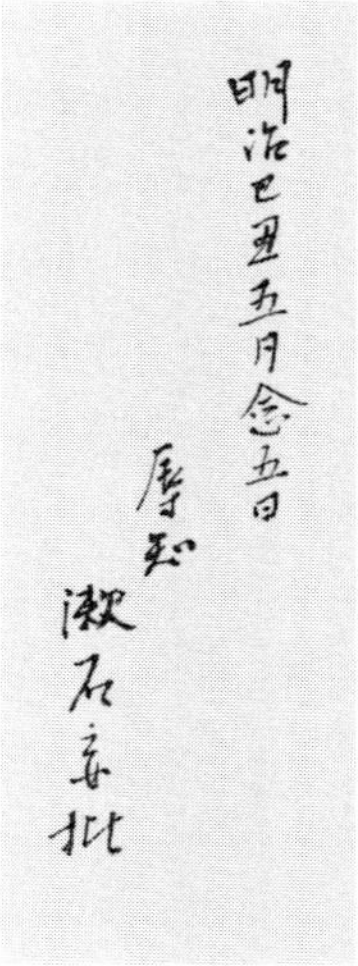

『七草集』への漱石の署名（東北大学附属図書館所蔵）

種隔靴掻痒の感とは違って、久しぶりに漢文、漢詩を書くことの愉快さに、この時彼は、内心驚くような思いをしていたに違いない。これこそまさに文人の遊びであり境地であって、署名するのに雅号がなくてはならない。それで、とりあえず、「辱知　漱石妄批」と書いた。これを使うのはこの時が初めてであろうというのは、「漱」の字に関して彼が迷っているからである。批評を書いた二日後、明治二十二年五月二十七日の子規宛の手紙にこう書いている。

……七草集には流石の某も実名を曝すは恐レビデゲスと少しく通がりて当座の間に合せに漱石となんしたり顔に認《したた》め侍り後にて考ふれば漱石とは書かで漱石と書きし様に覚へ候。

「文」か「欠」か。「漱」は「漱」の俗字だそうであるが、今、東北大学「漱石文庫」所蔵の『七草集』を見ると、ちゃんと「漱」になっている（図）。心配しなくてもよかったのである。漱石という号はもちろん『蒙求《もうぎゅう》』の、「枕石漱流」を「漱石枕流」と読み誤まりながら、頑として訂正しなかった意地っ張りの故事による。漱石自身が雑誌「中学世界」の明治四十一年十

一月二十日刊の号で、

……少時蒙求を読んだ時に故事を覚えて早速つけたもので、今から考へると、陳腐で、俗気のあるものです。

と述べている。『七草集』の評を書いたとき、とっさに、昔思いついたこの雅号を書き込み、本を子規に返してからどの字を書いたか心配になったのであろう。

ところで、正岡子規も少年の頃から、沢山の雅号を持っていたが、その中にこの「漱石」があったという。『筆まか勢』中の「雅号」に、「漱石は今友人の仮名と変セリ」と記している。それで漱石が子規から雅号を譲り受けたという説が出てくるのであるが、それは〝暗合〟ではないだろうか。

この漱石という号は、我々が考えるよりはもう少し「陳腐」なものであったのかも知れない。というのは、冒頭に記したように、夏目漱石以前および同時代に何人もの漱石が存在したからなのである。松岡譲《ゆずる》『漱石先生』の中に、次のような記述がある。

数年前の『ホトトギス』誌上に、『四人の漱石』と題する考証をしたものがのつて居た。

俳号を同じくする同名異人をあげたものだが、これによると寛政文化頃の諸国の俳人の中に、伊勢にも漱石があり、和泉にも漱石があり、出雲にも漱石があり、その外口篇の嗽ではあるが、京にも嗽石があつたさうだ。又同じ頃漱石子と称する伝記未詳の画家もあつたと書画の辞引に名だけは見えて居る。すでに四人の俳人と一人の画家とを見出した以上、詮索次第でまだ〳〵見付かるのは必然だ。私の見たもののうちでも、清代の画家の筆と思はれるものに嗽石軒と号したものに出会つて居るし、書画を弄ぶ素人玄人で、漱石或は嗽石、時には潄石を号とするものは、和漢を通じて其の数は少くないことと思はれる。ところが門跡は本願寺に、太閤は秀吉にとられてしまつたやうに、漱石はすべて夏目金之助の漱石にとられてしまつた形だ。

以下に、筆者の管見に触れた何人かの「漱石」を紹介したい。

まず明治の漢詩人の中に平山漱石なる人がいる。これは明治期の漢詩人の結社や雑誌をひろく紹介する辻揆一「明治詩壇展望」に見える名で、明治十九年から三十三年ころまで続いた『鷗夢新誌』の寄稿家であった。本名が平山忠太郎であるということ以外は、筆者には不明である。

同じく明治の漢詩人に、原口漱石なる人もいたらしい。大東文化大学の図書館に、『漱石詩鈔』(明治三十六年)という一本が所蔵されていて、その筆者は奥付によれば原口諠三郎、住所は神戸市山手通とある。

また、これは漱石全集の編集部に聞いた話であるが、「漱《ママ》石拝」という署名付きの手書きの『詩稿』が、さるところから編集部に持ち込まれたことがあるという。六十数首の漢詩が書き連ねられたあとに、寒川《さむかわ》鼠《そ》骨《こつ》の識語がついていて、それには「此稿本漱石青年時代の作たるを我れ疑はず廿一二才の頃の書風躍如たり　昭和甲午初夏」とある。「昭和甲午」といえば昭和二十九(一九五四)年、鼠骨の死の直前である。一時は新資料かと編集部も色めき立ったようであるが、筆跡、内容とも夏目漱石の作とは断定できないらしい。

こんな変わり種もある。

「白木屋　呉服洋服店」では、明治三十七年頃、「家庭の志るべ」という一種の婦人雑誌兼PR誌を出していたが、その中にただ「漱石」とのみ号する人が、「式法」という記事を連載している。これは今でいう女性の心得、エチケットなどを述べたもので、たとえばこんなことが書いてある。

前《まへ》には縁談《えんだん》の纏《まと》まりたるまでの手《て》続《つゞ》き並《なら》びにそれ〳〵の法式《はうしき》を縷述《るじゆつ》せり。

是《これ》よりは結婚《けつこん》に係《かゝ》る必要《ひつえう》の条件《じやうけん》として最《もつと》も重《おも》きを置《お》かれたる結納《ゆひなう》の手《て》続《つゞ》き及《およ》び作《さ》法《はう》を演《の》ぶべ

し。

古来《こらい》我《わ》が国《くに》の慣習《ならはし》としては、此《こ》の結納交換《ゆひなうとりかわせ》が結婚契約《けつこんけいやく》の成立《せいりつ》を表示《へようじ》する方法《はうはふ》たるのみならず、此《こ》のとき既《すで》に結婚《けつこん》の都《すべ》ての条件《でうけん》が具備《ぐび》したるものとなし、未《いま》だ新配偶者《しんはいぐうしや》が同棲《どうせい》せざる以前《いぜん》といへども当事者《とうにん》は勿論《もちろん》第三者《たにん》までが当事者《たうじしや》を以《もつ》て人《ひと》の夫《をつと》たり妻《つま》たるものと公認《こうにん》したるものにて、往々結納交換後輿入《わう〳〵ゆひなうとりかわせごこしい》れの前《まへ》におゐて若《も》し其《そ》の夫《をつと》が万《まん》一のことありたるとき、緑《みどり》の黒髪《くろかみ》を断《た》ちて竟《つい》に未亡人《びぼうじん》を以《もつ》て生涯《しやうがい》をおくる等《とう》の悲劇《ひげき》を演《ゑん》ずること一二にして足《た》らず歴史上貞婦《れきしじやうていふ》烈《れつ》女《じよ》として婦女《ふじよ》の亀鑑《かゞみ》として賞揚《しやうやう》せられつゝあるなり。然《しか》るに民法制定已来法律《みんぱうせいていこのかたはうりつ》の上《うへ》に於《おい》ては此《こ》の習慣《しうくわん》は打破《だは》せられたりといへども、素《もと》より所謂《いはゆる》夫《ふう》婦《ふ》の固《かた》めなれば軽々《かる〴〵》しく為《な》すべからざること当然《たうぜん》のことゝいふべきなり。

こういう漱石の場合はハッキリ別人であることが判っていいけれど、中には判定の難しいものがある。二松学舎大学佐古研究室の「論究」第四号（昭和五十七年十月刊）に載った、細井昌文氏の論考「松山時代の漱石　新資料『漱石の写した徳川家康遺訓』をめぐって」などを読むと、書の真偽はともかく、漱石について書かれたものは、何でも面白い、とあらためて思わせられるのである。

（おくもと　だいさぶろう／フランス文学）

母からきいた夏目家のくらし

半藤末利子

日本文学を専攻しているアメリカの青年が、

「漱石の小説には矛盾があるね」

と言ったことがあった。どの作品にも銭湯《パブリックバス》と下女《メイド》が登場する。しかしどうして銭湯《パブリックバス》を利用する登場人物達に下女《メイド》が雇えるのか？　自分のようにドルの価値の下落する一方の国から来た貧乏留学生が、もっぱら外湯を余儀なくされるのはいたし方がないとして、下女《メイド》を使えるほどの主人公が銭湯《パブリックバス》に通わねばならぬのはおかしいじゃないか、というのが彼の突く作品上の〝矛盾〟であった。

なるほど、崖の下のちっぽけな借家に住み、どう見ても金回りのよくなさそうな『門』の主人公宗助とお米は、いかにも銭湯に行くのが適応しい夫婦に見えるが、彼等の家にさえ下女はいた。

明治とは身分の違いも存在し、貧富の差の甚だしかった時代である。口減らしのために年端も行かぬ我が子を奉公に出さねばならぬ貧しい人々が多勢いたので、人件費は極端に安かった。従って、使用人を置くということは格別なことではなかった。食器や半襟を買う程度の、極く当り前の気持でお手伝いさんを雇っていたのではないだろうか。それに引きかえ電話や電灯と同じく自宅に風呂を取りつけるには、お手伝いさんに支払う給金の数十倍の金を必要としたのだろう。作品には人より物の高かった時代が反映されているのだと、説明して、この若い外国の友人に漸く銭湯と下女が両立したことを納得して貰った。

こうして偉らそうに説明したものの、大正五(一九一六)年に亡くなった漱石のことを私はまったく知らない。漱石家に関するすべての話は、母筆子(漱石の長女)を通して得たのであるが、その時ついでに、「母の子供の頃には、夏目家にはいつも三人はお手伝いさんがいたそうよ」とつけ加えた。すると彼は青い目をくりくり廻しながら、「うわおー」と驚いたなりしばし絶句した。母の話では時には(恐らく赤ん坊が生れる時ででもあったろうか)その数は四、五人のこともあったという。

だからと言って祖母の鏡子には今の主婦達のように稽古三昧に明け暮れたり、遊び歩いたりと暇を持て余す余裕などなかった。

「おばあちゃま、大変だったのよ、いつも忙しくて」

と座る暇もなかった鏡子の当時の日常を筆子は折に触れて懐古していた。何しろ筆子を先頭に一時は二歳おきに七人もの育ち盛りの子供がいる。その上ひっきりなしに来客があったから、三人のお手伝いさんを助っ人に鏡子がフル回転で家事に勤しんでも、なお手は足りなかった。

これはふだんはお手伝いの仕事であったが、場合によっては次から次へと出る家族九人の汚れた衣類を盥《たらい》と洗濯板を使ってごしごしと洗っては干す。それだけでも相当な労働であったろう。今ならスーパーやデパートでぶら下りの子供服や下着を買ってくれば済むことだが、当時は九人分の長襦袢から着物から羽織に至るまで、それも七月は絽《ろ》、八月は紗《しゃ》、初夏と初秋は単衣《ひとえ》、春秋冬は袷《あわせ》、真冬は綿入れなどと、殆ど家で洗い張りから仕立直しに至るまでやっていたというのである。鏡子に暇のあろう筈《はず》がなかった。仄暗い行灯のもとで毎晩遅くまでちくちくと針を運んでいた鏡子の姿が思い出される、と筆子はよく言っていた。

筆子自身も小学校の頃から、幼い妹や弟達の手を引いて銭湯に連れて行き、鏡子と共に着物を脱がせたり、着せたり、体を洗ってやったりしていた。

早稲田に移ってからは、夏目と染め抜かれたハッピを着た年輩の植木やさんが毎日のように来るようになって、草むしりをしたり、垣根の綻びを繕ったり、と木を刈り込む以外の雑用や力仕事をしていた。母の弟達は「おい、植木や、作ってくれー」とせがんで、背丈よりも高い竹馬を作って貰い、得意になって母達を見下ろしながら、近所の悪童を集めては庭を歩き廻っていたという。

母達姉弟は昼食時になると、裏庭の日溜りに座って弁当の蓋を開ける植木やさんを取り囲むように座り、

「安達が原の鬼婆が……」

と彼が話すお化けや妖怪の話に聞き入ったものだった。その際、「植木や、頂戴！」と差し出す子供達の掌に、彼は口のひん曲りそうになるほど塩辛い塩鮭をいかにも惜しそうにほんのちょっぴりずつ載せてくれた。「うわー！　しょっぱい」と口をすぼめ、肩を竦《すく》めてその鮭を口にするのが、子供達の少なからぬ楽しみであったらしい。

子供の分際で、植木や、と呼びつけにしたり、お菜を取り上げたりと、雇い主側の横柄ぶりが窺えるが、働いてくれる職人さんや家政婦さんにこちらが何かと気を遣わねばならない最近の風潮からみると、ちょっと考えられないことである。

仕事を終えた植木やさんが帰りがけに立ち寄った銭湯に、漱石がぶらりとやってくるなどということは、早稲田時代にはもはやあり得なかったであろう。が、階級の差が厳然と存在した時代だからこそ、ぴんと口髭を張らせた厳かな顔つきの漱石と日焼けした皺だらけの植木やさんとが、一つ浴槽に肩を並べて浸りながら、一日の疲れを癒す光景を想像するのは楽しいではないか。

夏目家に家風呂がとりつけられたのはかなりあと、母が小学校も高学年になってからのこと

である。その日は家族中が興奮状態に陥った。いざ窯に薪がくべられ焚かれ始めると、漱石までが何度も何度も書斎から出てきてはそわそわと湯殿に行き、浴槽に手を突っ込む始末。漸く沸いたとあって、お手伝いさんの一人が、

「旦那様、お風呂が沸きました」

と書斎にしらせに行くと、「うん、よしよし」と皆が見守る中、漱石は悠々と湯殿に向った。ところが「お湯加減は？」と聞きに行く暇もあらばこそ、ものの一分も経たぬうちに
「ひやー！　冷い！」

と血相を変えて漱石は座敷に駈け戻ってきた。誰もお湯を下からかきまわさねばならぬことを知らなかったのだ。一時は大あわてをしたが、「冷い、冷い」と素裸のまま震えながら飛跳ねている漱石を見て、皆で大笑いをした。さすがの漱石も苦笑していたそうである。

お手伝いさんが三、四人にお抱えの植木やさんまでいたとあっては、やはり夏目家はかなりの暮らしをしてたんじゃないの、と思われるかもしれない。が、食べること一つ例にとってもお大尽とは言い難い。

鏡子は余り料理好きの方ではなく、おまけに朝に滅法弱かった。子供達の弁当には大てい前日のお菜の残りが詰められたが、自分の嫌いなものが入っている時には筆子はこっそりとそれらを出し、たくわんだけを詰めて学校に持って行ったと言う。シュークリームやバナナなどの

到来物もあるにはあったが、そんな当時の超高級品は洋行帰りのハイカラなお父様が召し上るものと相場が決っていて、子供達の口に入ることは滅多になかった。子供達のおやつには各々の木の皿の中に焼き芋二本とかおせんべ三枚とかみかん二つとかが用意されていたという。電灯がつき、風呂桶が入り、電話が引かれるようになるにつれ、生活は当然膨らんでいったが、少くとも漱石の生存中は食事など基本的な面で目立ってよくなるということはなかったようである。

（はんどう　まりこ／エッセイスト）

漱石の親切

岩橋邦枝

漱石は、研究まみれ解説まみれといいたくなるほど、多くの人によってさまざまに論じられている。読む側のうつわに応じて汲みとれる、尽きない豊かさと多様性がありナゾも含んでいるということだろう。長年くり返し漱石を読んできて私が飽きないのも、その都度汲みとるものが幾らかなりと深まって、新たに惹かれるからにちがいない。

「三四郎」は、中学の頃に初めて読んだ。作中の美禰子《みねこ》を気どって、ストレイシープと呟いたりしていた。大学受験のために上京したときには、行き方を教わって本郷の東大赤門まで出向き、三四郎の足どりを辿ってうろついた。そんなミーハー読者だった。女子大二年生の文化祭で、〝夏目漱石展〟を催す文学サークルの一員になった。岩波書店から大きく引伸ばしたポートレート（漱石が腕に喪章をつけた、よく知られている写真）や初版本などを、漱石の女婿の松岡譲《ゆずる》氏には書の掛軸を拝借した。「硝子戸の中」の生ま原稿に亢奮したが、誰がどこから借りたのか思いだせない。何ぶん三十数年前のことで、当時の仲間に問合わせてもはっきりしない。展示期間中は交代で徹夜の見張りについた。それにしても、何のつてもなく頼みに行った小娘たちに、貴重な品々をよくまあ快く貸し出してくださったものだと思う。まだ大学生が信用されていた時代なのか。拝借するのに苦労した覚えもない。「硝子戸の中《うち》」と原稿の題にルビをふった漱石の肉筆が、今でも目にのこっている。

その文化祭の催しの準備で、私は岩波の漱石全集を初めて全巻通して読んだ。おまけに参考文献も、部員たちで手分けして読みあさった。何を中心テーマに据えたのか忘れてしまったが、たぶん研究まみれ解説まみれの漱石をなぞった漱石展だったのではあるまいか。しかし動機はどうであれ、漱石全集を集中して読破したおかげで、やがて折にふれて漱石に思い当たり、読みたくなってたち戻る道すじがついたように思う。

たち戻って読むたびに、こちらの関心にそくしてどんなレヴェルでも応えてくれる。小説や評論に惹きこまれながら身につまされる問題をさし出されたり、私の大好きな「永日小品」をはじめとする随筆風の作品を味わったりしながら、気持の通じる相手にめぐりあったような読み応えをうける。こうした親しい交信が、他人の漱石論をいちどきに頭に詰めこんだはたちの頃には、うまくいかなかったようだ。漱石を奉る傾向が、当時は一般につよかった。私はその年頃なりの読み方で面白さや感動を味わったが、やはり崇拝視に影響された。作品自体のもつナゾも自分の不明のせいにして、借りものの解釈に頼った。漱石文学が、読者を選ばずにひらかれていることに気づくのが遅れた。無論、こちらのうつわが浅かったせいでもある。小説の作中人物とのつきあい方も、読み返すうちに変ってくる。「三四郎」でいえば、かげの登場人物である三四郎の母親が私をひき留めるようになった。この筆まめな母親は、主人公を活かす上で大切な役割をもつばかりでなく、作者から大切にあつかわれている。三四郎は、母親の長い手紙の内容を読んで馬鹿々々しいと思う。〈けれども馬鹿々々しいうちに大いなる慰藉《いしゃ》を見出した〉

「坊っちゃん」の主人公は、清《きよ》を〈教育もない身分もない婆さんだが、人間としては頗る尊《たっと》い〉と思う。三四郎の母親と通じ合う。どちらの老女も、作者の母恋の情をたくしたぬくもりがある。私が三四郎と一緒になって美禰子にイカれていた読みはじめの頃には、やりすごしたことの一つだ。晩年の「硝子戸の中」で、生母を偲《しの》んでいる章に吐露された慕情は、読む者の胸にしみ入る優しさにみちている。

漱石は、祖父母と思いこんでいた二人が実の両親であることを下女の口からそっと知らされたとき、子供心に大変嬉しく思った。〈さうして其嬉しさは事実を教へて呉れたからの嬉しさではなくつて、単に下女が私に親切だつたからの嬉しさであつた〉と書いている。

人からうける親切が身にしみるような境遇で漱石が育ったのもたしかだが、彼の生まれつきの性質であるにちがいない。親切心の乏しい人は、相手の心づかいにも鈍感だ。読者を選ばずにひらかれている漱石文学の特質は、読者に対して親切、ということである。漱石の場合、広く読まれる新聞を発表の場にする作家の職業意識は当然はたらいたとしても、親切な人間味が常に根底にあると私は思う。読んでいて、何ともいえない近しい感じでそれがつたわってくる。問題提起にかけて無類でありながら、りくつ抜きで読む一介の読者をけっして置き去りにしない。たくさんの愛読者が絶えない不易流行の漱石文学の魅力は何よりも、読む側の興味のありようは十人十色でも、情理を尽くして応えてくれる抜群に誠心誠意の人間味が、誰にでもつたわってくるからではないだろうか。

「硝子戸の中」に、漱石を何度も訪ねてきて深刻な人生相談をもちかける女客が登場する。鏡子夫人の思い出によると、漱石に近づこうとする女性ファンは少なからずいて、おれが爺だと思ってやたらに妙な女が訪ねて来やがる、と彼はボヤいていたそうだ。しかし「硝子戸の中」の、新聞連載の三回分にわたって書いている女客に対しては、漱石はじつに真摯である。

私は十代で初めて読んだときから、この女が羨ましくてたまらなかった。漱石の書斎で何度も話しこみ、おまけに夜道を送ってもらいながらまじめで親身な言葉をうけるなんて読者冥利に尽きる、と羨んだ。鏡子夫人が「漱石の思ひ出」の中で、この女客に触れて語っている。それを読むまでもなく、こちらがだんだん世間擦れしてくると、この女どうもうさん臭い、と思いはじめた。漱石の好みのタイプだったのかもしれないが、彼も若い女には甘いんだな、と些かしらけた。漱石は、女の打明話にすっかり同情して「気の毒だな」「どうにかならないだろうか」と鏡子夫人に洩らしていたという。夫人が何だかヘンな話だといっているうちに、その女は漱石に手管がいっこうに効かないので佐藤紅緑家に河岸をかえた、というゴシップ記事が出る。

〈それ御覧なさい、食はせものでせうと申しますと、夏目はいやな顔をして黙つて居りました〉（「漱石の思ひ出」）

それ御覧なさい、と私も「硝子戸の中」の漱石へいいたい気がしていた。

しかし漱石のほうが年下になってしまった今は、そのせいなのかどうか、女客の正体はどうでもよい、私はう
ぶといえるほどまじめに親身な情味で相手へ心を向けた漱石に、せつなさを感じる。せつなく生きた人だなあ、と思う。晩年までこうであったからこそ、男女関係を精緻にみずみずしく書き続けたし、この世に生きて暮す人間のせつなさで読者と通じ合うのだろう。

私は近年、「道草」と「明暗」を何度も読み直している。魅力を味わいながら鼓舞され、汲みとるものが尽きない。

（いわはし　くにえ／作家）

漱石の落第

山田風太郎

世の中には何ともヘソマガリの人もいるものだ、と感じたのは、岩波の昭和十(一九三五)年版『漱石全集』の月報に次のような意味の文章を読んだときである。

漱石が熊本五高の教師をしていたときの生徒で、後に外務省、満鉄に籍をおいた履歴を持つ木部守一という人の談話だが、在学中英語の授業で担当の教師に不満があり、別の教師に換えてくれるように、英語主任の夏目先生に談判にいった。

その時の先生の応答は、○○君は高等官何等の人で、君らの意見で取換えるべき筋合いのものではない、とのことであったが、木部氏は、その答弁がいかにも形式的で、かなり官僚的な感じがしたといい、「その頃の先生は少しあらたまると、頤《あご》をしやくつて物を言はれる癖がありました」といっている。

また別の機会に、病気のために卒業試験が受けられず、追試験を受けるには点数が足りない友人のために、何とか点数をあげてやってくれまいか、と夏目先生の自宅に請願にいったとき、先生は「人間の一生には一年位前後しても大した事ではない、僕も一年落第したことがある」といって、その体験を述べたが、「どうもそれが自分のこせつかない、点数や及落には超然とした所を私にイムプレスするやうに取られました。」と、木部氏はいう。

これを読んだとき私は、大げさにいえばしょい投げを食ったような気がした。漱石は官僚的なものに対していちばん反撥する人と見ていたからである。

木部氏は自分でも「私は皮肉に物を見る悪い癖がある」といっているが、とにかく漱石全集の月報に「智に働けば角が立つ。情に棹《さお》させば流される」の一行を読んだだけで、あと「草枕」を読む気がしなくなる、といってのけるほど、剛直といえばいえる人であったらしい。

木部氏は、晩年の大漱石はその後の修養の結果らしいといっているが、熊本五高時代は漱石の三十歳前半のころである。では漱石のそのころは、教え子木部氏がいったような赤シャツ的な人物に見える一面を持っていたのだろうか、と私も考えた。

ところが、そうではないことをあとで私は知った。

漱石は十八歳のとき、大学予備門(後の一高)でまさに一年落第している。「猫」や「坊っちやん」を発表した直後の明治三十九(一九〇六)年の談話で、漱石はこの落第の経験をじゅんじゅんと述べ、「僕の一身にとつて此《この》落第は非常に薬になつた様に思はれる。若し其時落第せず、唯誤魔化《ただごまか》して許り《ばか》通つて来たら今頃《ど》は何んな者になつて居たか知れないと思ふ」といっている。

漱石は教え子に、ただ要求をはねのけるために「官僚的」な逃口上をいったわけではなく、誠意をもって自分の体験を語ったのだが、相手の皮肉な性分のために、それが素直に受けとられなかったのである。木部氏はおそらくそんな漱石の談話のあることを知らなかったのだろう。

誠実が相手に通じなかった漱石の落第の話はこれだけだが、ついでにこれにつながることで漱石について私が首をひねっていることを書いてみる。

漱石がいまに至るまで多くの人に尊敬されている理由はいろいろあるだろうが、その一つは彼の作品が誠実をモチーフとしているからだろうと思う。彼はこの問題を小説として扱うとき、主として男女間の背信のかたちをとる物語とした。「三四郎」然《しか》り、「それから」然り、「門」然り、「行人」然り、「こころ」然り、「明暗」然り。——

それで昔から、漱石の心をこれほど動かした体験は何か、彼のベアトリーチェはだれなのかという捜索がなされ、何人かの実在した女性の名があげられた。その各人各説の我田引水ぶりに私は笑い、「漱石の耶馬台国」と呼んでいる。

結論からいうと、そんな劇的な女性はいなかった、というのが私の説である。日記のなかに不平をぶち投げようと、結局漱石がいちばん愛していたのは夫人であった、というのが私の考えである。

ただし漱石は、元来信義というモラルについて異常に敏感な性質の持主であった。おそらく生涯、通常の人間ならそれほど感じない他人の背信に深く傷つけられたことであろう。その心の葛藤を小説化するとき、男女間の背信のかたちに転換したのだ、と私は推量する。

この漱石の性格は幼年時からあった。彼はそれを「硝子戸の中」の一挿話として書いている。小学校時代、喜《き》いちゃんという友達がいた。その喜いちゃんが家から大田南畝の写本と称するものを持ち出して、五十銭で買わないかといった。金之助は大田南畝を知らないままに、二十五銭に値切って買った。すると翌日喜いちゃんがやってきて、家人から二十五銭では安すぎると叱られたから本を返しておくれといった。

漱石は書く。「私は今迄安く買ひ得たといふ満足の裏に、ぼんやり潜《ひそ》んでゐた不快、——不善の行為から起る不快——を判然《はつきり》自覚し始めた」。

彼は本を戻し、喜いちゃんが返した二十五銭には手をつけず、こんな意味のことをいった。「其金《かね》なら取らないよ。(中略)本は僕のものだよ。(中略)僕は遣《や》るんだよ。(中略)遣るんだから本だけ持つてつたら好いぢやないか」

こうして金之助は、意味なしに二十五銭を取られてしまったのである。

この年齢のころから、不誠意だと自覚する行為に対して、これほど自罰の反応を示すのは珍らしい。

それでは漱石の幼少時、それほど道徳的に厳格な環境であったかというと、それがそうではない。

同じ「硝子戸の中」で、姉たちが芝居見物にゆくのに、往復神田川や大川の舟を使い、夜中から次の夜中まで大騒ぎする光景を描いているし、また二番目の兄が「大の放蕩もので、よく宅《うち》の懸物《かけもの》や刀剣類を盗み出しては、それを二足三文に売り飛ばすといふ悪い癖があつた」。それがぶらぶら仲間といっしょに集まってひまつぶしに向いの芸者屋にちょっかいをかけた話も書いている。

十七、八の金之助もときどきそれにひきこまれたが、「私は小倉の袴《はかま》を穿《は》いて四角張つてゐたが」云々とある。

名主といっても町人の家で、まだ幕末の頽廃《たいはい》の名残《なご》りがよどむ夏目家で、金之助はひとり変物的な存在であったらしい。

さて、私が漱石について首をひねるというのは、ベアトリーチェの問題よりこのことである。人間の性格、特に他人にかかわるときに現われる性格には――信義に潔癖か鈍感か、などはその最も顕著なものだが――先天的というより後天的な影響が大きいと考えられるのだが、漱石はまったくそれとは無縁な個性を持っていたとしか思われない。そこがふしぎなのである。

（やまだ　ふうたろう／作家）

Ⅶ

漱石全集と私たち

鶴見俊輔「夏目漱石一万人の弟子のひとりに」……【第二次刊行】第一巻(月報1)二〇〇二年四月
秋元松代「漱石全集の思い出」……第十巻(月報10)一九九四年十月
長尾剛「数奇なる半切の一句」……第二十五巻(月報22)一九九六年五月
出久根達郎「漱石の若い読者たち」……【第二次刊行】第十九巻(月報19)二〇〇三年十月

夏目漱石一万人の弟子のひとりに

鶴見俊輔

日本でただひとつの全集は、漱石全集だという柄谷行人の説を読んだ。この説の当否は知らず、漱石全集に十歳のころ親しむことができたのは、私の幸運である。

そのころ、学校に行きたくなかった。家にいたくもなかった。朝早く、かばんをもって家を出て、前もって窓をあけられるようにしてあったので、窓から家に入りこんで、本棚の近くの寝台の下で本を読んだ。一日中読んでいたわけではなく、一時間あまり、近くの映画館があくまでだった。

その時、手にしたのが漱石全集で、蔵書に書き込まれた短評・雑感まで読んだ。手元にはその昔の全集がないので、一九九三年版の全集第二十七巻の「書込み」を繙《ひもと》きつつ記憶をたどってみる。

○コンナ時ガアツタカネ(J. M. Baldwin, *Social and Ethical Interpretations in Mental Develop-*

ment, 1897. *p.* 216. *ll.* 15–21)

〔前扉に〕文学書ノ面白イモノヲ読ンデ美シイ感ジノスルノハ珍ラシクナイガ哲理科学ノ書ヲ読ンデ美クシイト思フノハ殆ンドナイ、此書ハ此殆ンドナイモノ、ウチノ一ツデアル。第二篇ノ時間空間論ヲ読ンダ時余ハ真に美クシイ論文ダト思ツタ(H. Bergson, *Time and Free Will*, 1910)

○余ハ常にシカ考ヘ居タリ、ケレドモ斯ウシステムヲ立テ、遠イ処カラ出立シ此所ヘ落チテ来ヤウトハ思ハザリシ(同右、*p.* 154. *l.* 6–)

○此女ハ馬鹿ナリ生意気ナリ不品行ナリ(G. Brandes, *Main Currents in Nineteenth Century Literature*. Vol. I. *Emigrant Literature*, 1901. *p.* 95. *l.* 1–)

○小児ハカクノ如キ者ナリ。只此小児ニ余計ナコトヲ教ヘルガ為メニ金ヲ化シテ鉄トナス。金ヲ化シテ鉄トナシテ得々タル者アリ。昔ノ人ハ之ヲ小人ト云フ。今ノ人ハ之ヲ賢人ト云フ。未来ノ人ハ之ヲ何ト云フカ知ラズ。(G. Flaubert, *Gustave Flaubert*, 1903. *p.* 27. *ll.* 1–19)

英語は読めないから、ひろい読みしたばかりだが、寝台の下にかくれて読むのは、虫食い文書を判読するようでたのしかった。

本は、自由に書きこみを入れて、著者との対話の道具として使いこなすものだということをおぼえた。

和書のほうの書きこみは、かえって教養のつみかさねを前提としていて、私にはわかりにくい。これに反して、英語の本への書きこみは、本と自分がはなれたところにいるので、私にとって、より大きな空想の自由があった。和書について、面白かったところと言えば、

○何ノ念モナキ様ニナツテタマルモノカ。馬鹿気タコトヲ云フ故大衆ヲ迷ハス也(夢窓国師『二十三問答』。九四頁一行)

○此人口ヲ開ケバ守ル守ルト云フ。偖々《さてさて》苦シイ悟デアル。守ルウチハ失フ恐レガアルカラダ。左程に懸念ガアルナラ悟ル必要モ何ニモアルマイ(鈴木正三述(恵中記)『驢鞍橋』(下巻)。三一頁八行)

この巻にくるまでに、『文学論』と『文学評論』もあけて見ているが、歯がたたなかった。ただ、スウィフト、スティーヴンスン、オースティンが重んじられていることはわかった。後年、E・M・フォースターがスティーヴンスンぎらいであることにぶつかったが、漱石の評価をとおしてすでにスティーヴンスンを読んできたので、いかに(現在)傾倒するフォースターの

批評といえども、私の好みをかえることはなかった。

ふりかえると、私にとって、生涯にわたって読書案内となったのは漱石全集である。いやいや学校に行くときシオドーア・ワッツ゠ダントンの「エイルウィン物語」をかばんの中に入れて、通学途上ひろいよみしてたのしんだのも、これがかつて漱石がよんだ本だからだ。コンラッドが、人間の意志と自然とのたたかいにすぐれていること、「タイフーン」がよく、「ナルシサス号上の黒人」が不自然であることなど、やはり漱石全集のどこかでまなんだ。後年、コンラッドの全作品を読み、コンラッド研究も何冊か読んだのは、漱石の暗示によるもので、コンラッド研究から出発したサイードに注目するようになったことにも、私は漱石の影響をこうむっていることになる。

直接に漱石門下とは言いがたいが、一九三三年当時、私は漱石の一万人の弟子のひとりではあった。

漱石から受けとったものは、何か。

問題を抱きつづけることだった。

低徊趣味という形でそれをまず受けとった。「草枕」、「虞美人草」、「三四郎」、「門」、「行人」。主人公それぞれのわりきれなさ、ためらうままに時間がたってゆく、その生き方である。

「行人」の主人公が、大風に閉じこめられて暗闇の中で兄嫁と和歌の浦の旅館で一夜をすごす。そうした異性とのつきあいをふくめて、私をひきつけるところがあった。「明暗」は無理に読みとおしたが、むずかしすぎて、読後なまなましくのこったのは、主人公のからだにいつまでものこるウミの出る傷口とガーゼとりかえの印象である。「道草」もむずかしすぎた。「心」の主人公に生涯重くるしくのしかかる罪の意識は、これもそれなりにわかった。「それから」の不決断。しかし、もっとも共感できたのは「行人」の主人公（語り手の兄）の、あれを思いこれを思ってためらいつづける心境だった。

はっきりと、問題を解いてしまい、あとは忘れる。そうではない思想のありかたと生き方がある。

それは背徳ではない。

漠然と、そういう安心感を、漱石の文章は私にあたえた。

軍国主義に入ってゆくトバ口に立って、それは何よりのおくりものだった。

（つるみ しゅんすけ／哲学者）

漱石全集の思い出

秋元松代

今では遠い記憶になってしまったが、太平洋戦争の末期になる昭和二十(一九四五)年のことで、一月末か二月頃だったと思う。後になって分ったところでは、日本はもう降伏する以外にないような劣勢な状態になっていたのだそうだけれど、私たち庶民はそうしたことを知るべくもなかった。食料や物資のひどい欠乏や人手不足のために疲れ、空襲に怯える日々だった。戦争はまだまだ続くのだと聞かされていた。

私は東京の町中に住んでいたので、町が一日ごとに荒廃の様を加えて行くのを見ていた。地方に縁故のある人々は疎開して行き、無人の家がふえた。建物疎開などといって住居を強制的に取壊されるような人々もいた。

そうした慌しい動きにつれて、道路の隅や空家の軒下には、応接セットとかオルガン、仏壇、タイプライター、蓄音機というような家具や家財が捨てられた。疎開を急ぐ人々にとって、嵩張って持ち運びのやっかいな家財は処分するにも方法がなく、置き捨てに捨ててしまうほかないからだった。そういう物の山がいくつあろうと、立ちどまって見る人はほとんどなかった。誰も無表情に忙しげに通り過ぎていた。私もそういうひとりだった。

その物の山は、またいつの間にか消えてなくなっていた。疎開家屋の残骸と一緒に役所のトラックが運び去るらしい。町内の噂では近県の村から牛車を曳いてくる人があって、目ぼしい物だけ持ち去るともいう。しかし置き捨ての物の山はすぐまた新しく出来るのだった。

その日は前日にかなりの雪が降ったので、歩道には残雪が乱暴に掻きよせてあった。その歩きにくい坂道を登りかかっていると、空家の前の雪だまりの上に、皮張りの廻転椅子やヴィーナスの石膏像、彫刻のある大きな柱時計などが置き捨てにされていた。今し方捨てられたらしい感じだった。私は無関心に通りすぎようとしていたが、はっとして立ちどまってしまった。視線の隅に映ったものがある。石膏像の蔭の雪の上に板きれを敷いて、豪華な漱石全集が二列に分けて積んであるのだった。

その頃は菊判といったと思う、大型の厚みのあるものだった。朱色に近い赤い織布の地に、うす緑の石鼓文の詩文が織り込まれた美しい装幀の堂々とした書物である。その鮮やかな色彩が雪の上ではことに鮮やかに眼を射るようだった。積みあげた量からみて全巻揃いであることは察しられた。新品のように汚れも手擦れもみえない姿がかえって痛々しい感じだった。丁寧に扱われ愛蔵されてきたのであろう。細長い紙きれが挟んであるので、近づいてみると、全巻揃、金五円也、と書いてあった。

私は胸を衝かれた思いで見つめてしまった。五円という金額はその当時でもすでに金銭としての価値はないのも同然の金額だった。それをあえて売値につけてある意味はなんだろうか。この全集は捨てたのではない、買手があれば譲渡したい、値段は五円でよろしい、という持主の気持を示したのだろうか。おそらくそうだろうと思うと、それはそれなりに納得が出来た。

しかし同時に、もう終りだ、という突然の思いにゆすぶられた。愛蔵した書物を道端で捨売りにするようなところまで、戦争に追いつめられてしまったのだ、もうこの世の終りだ、という突きつめた無力感だった。私はその場から逃げ出すように雪道を急いだ。

家に帰りつく頃には気持も少し鎮まっていた。さまざまなものが惜しげもなく捨てられ壊されるのを見つづけて、神経も心も麻痺していた虚を衝かれたのだが、思いがけない売物をみて、この世の終りだなどと狼狽した自分が恥ずかしかった。しかしあの道端に置かれた全集のことは頭を離れない。

私は壁一面に作りつけた本棚の前へ行った。いつとなくふえた愛読書でぎっしりになっている。漱石の作品集もほとんど揃っていた。私は貧しかったので豪華な全集本ではなく、軽装の文庫本だったが、それで充分満足してきた。初めて漱石という小説家の名を聞き覚えたのは小学生の時で、おとなの本で読むようになってからでも二十年にもなろうか。その時期その時期の器量いっぱいに感動してきたのを思い出した。

するとと自然に、ある考えがまとまってきた。私が買手になればいいのだ、あれを買って、ここへ持ってこよう、という考えだった。私には疎開するあてはなかったから、ここへ置けば、家もろとも空襲で焼けてしまうかも知れない。それは今夜かも明日かも知れない。私にしても身ひとつで逃げるしかないが、生きられるかどうか、保証はないのだった。しかし今はあの全集をここへ運ぶことだけ考えたかった。

十数巻はあろう重い全集を運ぶために、私の思いついたのは乳母車を借りることだった。顔見知りの奥さんが持っているのを知っていたので、急いで頼みに行った。その頃では乳母車は貴重な運搬用具だったから、すでに他の人が借り出していて、私は順番を待つことになった。

その待ち時間に意外に手間どったが、やっと乳母車を借りたときは、なぜか胸がどきどきするほど気がせいていた。乳母車を押して坂道を下り、あの場所へ急いだ。見覚えのある空家の前である。

しかしどうしたことか、あの全集は消えたようになくなっていた。石膏像も柱時計や椅子なども、見たときのまま残っていたが、全集だけがなく、下敷に使われていた板きれが雪の上に残っている。

私はぼんやり立ったまま、しばらくその板きれを眺めていた。誰かが買って持ち去ったのだと、やっと気づいた。あわてて乳母車の向きを変え、いま来た道を戻り始めた。
初めの驚きが消えて行くと、ふっと笑いたいような思いがした。空っぽの乳母車の中には用意した封筒が置いてある。中に五円というお金の入っているのを思うと、ふき出しそうになった。私と同じように本に愛着する人のいたこと、私の家よりも安全かも知れないところへ、あの豪華な全集が移されたと思うと、ほっとした明るい気持になれた。この戦争がいつか終り、平和が戻ったら、古書店街へ行ってあの全集と同じものを見つけることも出来るだろうと思うと、ひととき空襲の恐ろしさも死ぬかも知れない不安も忘れて歩いていた。

（あきもと　まつよ／劇作家）

数奇なる半切の一句

長尾　剛

今年(一九九六年)二月、『全集』未収録の漱石の俳句を一句確認した。その句は絹地の半切に、漱石直筆で詞書《ことばがき》とともにしたためられており、その下に菊の絵が描かれている(図)。詞書と句は、

志め子が何かかいてくれといつた時

白菊をかいて与へぬ菊の主

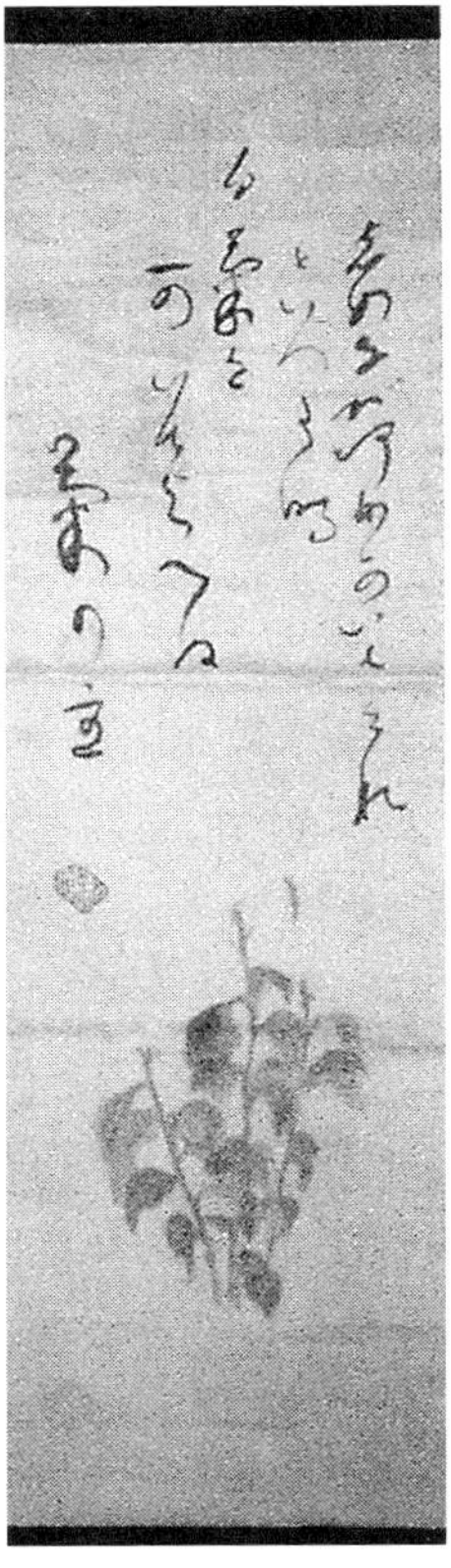

漱石自筆の画賛軸(現在，新宿区立漱石山房記念館所蔵)

と読める。落款はあるが署名はない。表装し、掛け軸としてある。

この一幅の掛け軸を大切に保管していた方は、服部又彦氏とおっしゃる。愛知県の方で昨年亡くなった。そのご子息で三男の服部中《ただし》氏が、父上の一周忌を前にこれを広く公表したい、と筆者に連絡をくださった次第である。漱石についての拙著のひとつを知り、筆者を相談相手に選んでくださった由、当の一幅の写真とともに、この半切についての又彦氏の調査記録や種々資料も送ってくださった。以下、この半切の数奇な来歴について紹介したい。

詞書にある「志め子」という女性は、又彦氏の調査でも指摘されているが、明治四十五(一九一二)年七月二十三日付の漱石の日記に関連がありそうである。「是公突然来る。晩餐を食ひに行けといふ。築地の山口へ行く。御しん、しめ子、御しほ、小露、ひな子抔《など》といふ芸者の顔を見る」(傍線引用者)とあり、この「しめ子」が詞書の「志め子」かと思われるのだ。そうだとすれば、中村是公につれていかれた待合でファンの芸者にせがまれ書いてやったのがこの半切、という推測が成り立とう。

漱石は知られるように堅物であった。が一方で、水商売の人間に偏見を持たないおおらかさがあったし、何よりファンを大切にする作家だった。だから芸者のために句を詠み、絵を描いてやることがあっても、不思議ではない。また、当時の漱石は絵を描く趣味が高じていた頃で、絵を描いては、人にそれを気軽に贈っていた。

又彦氏はまた、夏目鏡子『漱石の思ひ出』に、漱石が是公との旅行より帰ってから芸者に絵を贈ってやった、というエピソードがあることをも指摘している（「五〇　呑気な旅」）。必ずしも断定はできないが、このエピソードもこの一幅とつながりそうである。

句にある「菊の主」は、漱石が他の句でも使っている言葉だ。自らを「菊の主」と称すると

ところでこの半切、署名がないところから見て贈り物としては失敗作であったようだ。じつはここに、この半切が愛知にあった理由がある。

又彦氏の母上は明治四十三年から大正二（一九一三）年にかけて、漱石の家に女中として働いていたという。名を清水みねといい、この半切が書かれたらしい大正元年の夏には、数え十九の娘さんだった。「日記」をひもとくと、この御みねさんの名は一ヶ所、大正元年八月二日付の日記文中に出てくる。

御みねさんの話として、現在服部家に語り継がれている話によると、――当時の夏目家では毎日、漱石の原稿の書き損じで屑籠がいっぱいになるので、その屑を勝手で燃やして処分していた。その役目が、漱石の書斎の用を任されていた御みねさんだった。ある日、いつものように屑籠を書斎から引き上げてくると、中にクシャクシャにまるめた絹布がつっこんである。何だろうと見れば、俳句と可愛らしい菊の絵。「漱石」の印が句の下に押さ

れていて、その朱肉が半切のあちこちに写っている。乾かぬうちにまるめたらしい。御みねさん、これを燃やしてしまうのはもったいないと思い、それだけを屑籠から抜くと大切に自分の手元に取っておいた。

――というのが事の顚末である。紙屑にまぎれた菊の絵を見つけて、それをそっと手にした十九の娘さんの姿は、それを想像すると、愛らしくも何やら切ないの感がある。

御みねさんは大正二年に暇をもらい郷里に帰って、のち大正四年、服部家に嫁入りした。そこで実家の清水家が、思い出の品としてこの半切を一幅の掛け軸にし、服部家へ贈った。その結果、服部家に伝わることとなった。

書き直してしめ子に贈ったであろうもう一枚の半切については御みねさんが知る由もない。あるいは別の句を書き贈ったかもしれないが、こちらについては全くわからない。

さて、又彦氏がこの半切について積極的に調べたのは、昭和三十三(一九五八)年頃からである。このころの氏は四十一歳の壮年で、歯科医院長であり地元の学校の校医も務めておられた。またご自身も漱石文学のファンで、若き日に母親が知った漱石の姿を聞き、それらの話を私記にまとめている。御みねさんもまだお元気だった。彼女は昭和三十八年に六十九歳で亡くなった。

この一幅は昭和三十三年、地元の文化財展に出品されたことがある。その展覧会について伝える又彦氏ゆかりの学校報の記事の中で、氏は御みねさんから聞いた思い出話を次のように紹介している。家庭内の漱石の様子を伝えるものとして興味深い。

「先生のうちには女中さんが三人いました。おつねさんは、子供さん達のお世話。おすぎさんは、炊事。私は書斎及び来客のこと、その他、先生の身辺の雑用ということになっていましたが、月給は三円でした。しかし炊事係は特にむずかしい役目でしたので五円となっていました。というのは、先生はいつも胃が悪く食事についてやかましかったからです。胃の薬は欠かさず用いておられ、食後三十分必ず私が胃の薬をオブラートに包んで差し上げることになっていました。胃のぐあいのためか、先生は気むずかしいことが多く、特に新聞の連載小説の執筆中はひどかったようです。あるときなど食事中、子供さんが何か気に入らぬ事をいわれたのでしょうか、突然、頭をピシャピシャとたたいておいて、スッと立って行って書斎へはいってしまわれたことがありました。なかなかしつけも厳しく、いつか、私が書斎の隣室の掃除をしていますと、オートミルで朝食をすまされた先生が『みね』とお呼びになりましたので、思わず『ハッ』とお答えしたら、『ハイ』と言えときつくいわれました。（中略）たいてい原稿の出来上がるのは夜十二時頃で、封筒に収められたその原稿をちょうど、門の前にあったポストに入れるのが私の役目になっていました。玄関から暗い庭を通って、淋しい門の前までの真夜中の道がこわくてならなかったことを今もありありと覚えています」（『三和学友新聞』昭和三十三年

十二月二十日付）

ところで、又彦氏は昭和三十三年当時、数度にわたり小宮豊隆や林原耕三ら漱石門下生に宛てて、この半切の存在を知らせ句の意味について教えを請う手紙を書いている。その返書も服部家には保管されている。

ただ、小宮にしろ林原にしろかなり高齢だったこともあり、又彦氏の調査について、好意的かつ肯定的返書を書き送ってはいるが、十分なアドバイスは与えられなかったようだ。しめ子がどんな人物で、あの半切がいかなる意味を持つのか、又彦氏は独自に調べあげた。『全集』の書簡や日記の頁を丹念に繰って、「みね」や「しめ子」という言葉を探し出し、符合する状況をつきとめたのである。（当時利用可能だった昭和十年版『全集』の『総索引』には「みね」「しめ子」という項目は入っていない。）中氏はこの頃を振り返って「祖母の名を『全集』に発見したときの父の喜びようといったら、たいへんなものでした」と語ってくれた。

昭和三十三年といえば、岩波書店が漱石文学普及のため編んだ『新書版全集』が完成して程ない時期である。服部氏がもう数年早く、この句について小宮なり岩波書店関係者なりに伝えていれば、あるいはこの句は『新書版全集』に収録されたかもしれない。そしてまた今回も、同じようなすれ違いとなった。中氏が父・又彦氏の一周忌を前にこうして連絡をくださり、筆者が岩波書店に話を伝えた今年二月には、刊行中の新しい『全集』の『俳句・詩歌』（第十七巻)がすでに刊行された後であった(その後、第二次刊行の『全集』同巻に収録された)。だがそれは、さしたる問題ではなかろう。親子三代にわたり漱石の俳句を大切に守っている漱石ファンの方々がいるということ、今はその事実に涼やかな感動を覚える。それは、筆者だけではあるまい。御みねさんと服部又彦氏のご冥福をお祈りしたい。

(ながお　たけし／評論家)

漱石の若い読者たち

出久根達郎

某市で、七十代の男性と懇談中、「この年になりましてね、漱石を初めて読みましたよ」と、照れくさそうに言いだした。

「読んでみると、面白いですね」

毎日読むのが楽しみで、とおっしゃるから、全集を少しずつ楽しんでいるのであろうか、と訊いてみると、意外や、新聞で読んでいる、との返事である。

「昔の新聞ですか?」驚くと、

「何の、現代の新聞ですよ」笑う。

地方紙に、漱石の作品が連載されていると聞いて、機転の働く新聞人がいるものだ、と大いに感心した。

中学校の教科書から、漱石と鷗外の作品が消えた。たぶん、このことに反応しての企画であろう。書物を手に取らぬ人も、新聞には目を通す。漱石の名を知っている人でも、わざわざ読もうとはしないが、新聞だと、つい読むのである。一回の分量が少ないせいもある。いやおうなく、目につくせいもある。本は、本屋に出かけないと入手できないが、新聞は向うから飛込んでくる。いわば、漱石が自ら読者に話しかけてくる。漱石の作品は、もともと新聞に連載されたもの、その再現だから、不思議でも何でもない。実行する社が、今までなかっただけである。

「坊っちゃん」「三四郎」などの作品が、次々、登場しているとの話だが、試みが成功したと窺えるのは、七十を過ぎて、初めて漱石を読んだ人の感激ぶりである。同じような読者は、多いだろう。新聞は、功徳を施したというべきである。新しい漱石読者が、続々と誕生していることを考えると、何だか胸がはずんでくる。

以前、漱石と同時代に生きた人たちが、何歳ごろ漱石作品に親しんだか、ふと気になって、調べたことがある。いや、調べた、といえるほどの、時間を費したわけではない。いろんな人たちの自伝を読みながら、その一点を頭の隅に置き、注意した。

すると、旧制中学二年か三年が多い。年齢でいうと、十四、五歳である。

渋沢栄一の五男、秀雄は、実業家として、田園都市株式会社をおこし、モダンな住宅街田園調布を造ったが、一方、随筆家としても鳴らした。

秀雄が中学二年生の時、クラスに久保正夫という、すこぶる早熟の秀才がいた。漢詩人、久保天随の弟である。西欧の文学や美術に詳しく、また日本の小説も幅広く読んでいた。

秀雄はこの久保に、漱石の『吾輩ハ猫デアル』を勧められた。『猫』の上篇が出版されたのは、明治三十八(一九〇五)年十月で、久保は恐らく発売と同時に購入し読んだ、漱石の最初期読者の一人だろう。

『猫』に感動した秀雄は、翌三十九年五月に発売された『漾虚集《ようきょしゅう》』を買った。藍色の布装の表紙、菊判で天金、アンカットのこの漱石の第一短篇集は、定価が一円四十銭である。当時、郵便代が、普通の封書三銭、ハガキが一銭五厘。現在は八十円と五十円だから、単純に郵便料で書籍代を計算してみると、四千円となる。

中学生には、かなり高価な買い物であったろうし、苦もなく購入できる秀雄は、さすが財閥のお坊っちゃんである。

秀雄はこの本を持って、夏休みに、沼津に避暑に出かけている。新橋から乗った汽車の三等一人旅も、『漾虚集』に読みふけって、少しも退屈でなかった、と記している。東京から沼津までの汽車の旅は、五時間ぐらいかかったそうである。

『漾虚集』には、「倫敦塔」他六篇が収められている。中学生が好むような短篇ではない。

秀雄同様、中学二年(あるいは三年)の春頃、初めて漱石に親しんだ人に、井伏鱒二がいる。井伏は、大阪朝日新聞の連載を読んだ。同じ文章のものが、二日続けて出たので不思議に思い、近所の家に帰省中の教師に見せに行った。教師も毎日愛読しているが、気づかなんだ、と首をひねった。「どうして気がつかなかったらう。しかし、何度でも読める文章だからな」と言った、と「五十何年前のこと」に記している。

新聞社が誤って、重複掲載してしまったのである。井伏は、はからずも、その時の読者であった。

井伏と同年の生まれで、しかし十日ほど兄貴分である作家、尾崎士郎は、小学校六年生(明治四十二年)で、漱石の小説にのめりこみ、それまでに出た作品を全部読了した。

作家、有吉佐和子も小学二年生の時、父の書棚の漱石全集を読破している。

漱石書簡集の中に、小学六年生の読者あての返事が収録されている。漱石の「こゝろ」を読んで、主人公の「先生」の名をたずねた手紙に、先生はもう死去した、名前はあるが、あなたが覚えても役に立たない人です、と認《したた》めた返事だが、この読者の名を松尾寛一という。

児童文学者の西村恭子さんが、この少年の事蹟を調査した。それによると寛一は、江戸末期から綿布の仲買で財を成した松尾嘉七郎の長男で、高等師範に入学後、長野県に演習に出かけた折り、雨に打たれたのがもとで肺結核に罹患し、三年間療養ののち、大正十二(一九二三)年一月に、二十二歳で亡くなったという。

漱石の寛一あて書簡は、寛一の弟の金次郎氏が大切に保存され、先だって姫路市の姫路文学館に寄贈された。

漱石が律義に返事を認めた小学生の読者には、もう一人、西原国子という人がいる。ご健在なら百歳ほどになるが、どういう生涯をたどられてきたか、知りたい。漱石文学がどのような影響をその人に与えたか、いわゆる有名人でないかたがたの例が知りたいのである。漱石書簡の宛て名で、「経歴不詳」とされた人たちの生涯である。さまざまのドラマをお持ちなのではあるまいか。

『吾輩ハ猫デアル』上篇が発刊された年に生まれた、紀伊國屋書店創業者であり作家の田辺茂一は、中学二年の時に、漱石文学と出遭い、のめりこんでいる。

東京帝大を卒業したばかりの高田真治（のち京城帝大や東京帝大教授）が、漢文の教師として赴任してきた。田辺たちは高田に「坊っちゃん」というあだ名を進呈したという。このあだ名は、田辺の例に限らず、恐らく全国の学校で流行したのではないか、と思う。

中国に内山書店を開き、書物で日中交流を果した内山完造が、ある時、漱石全集はないか、と客に問われた。あいにく揃いが無く、三冊欠本の十七冊だけ在庫している。不揃いだから、安い。欠本が入ったら送ってくれ、と客は不揃いを引き取った。その後、欠本を入手したので連絡すると、十倍もの金を客が送ってきたという。こういう客の事蹟が知りたいのである。漱石文学を、心から愛し、心の糧とした無名の人たちの人生を。漱石文学に劣らぬ感動のドラマなのではないか。

（でくね たつろう／作家）

【編集付記】

一、本書は『漱石全集』（全二十八巻・別巻、岩波書店、一九九三―九九年）および同全集の第二次刊行（二〇〇二―〇四年）各巻に付録された「月報」から、四十八の文章を選び一冊にまとめたものである。

二、本書を編むにあたっては、漱石と漱石の作品について特定のテーマに偏らず、様々な側面が伝わる構成となることを意図した。

三、各章の扉裏に、初出の巻数・号数、年月を示した。

四、原則として初出発表時のまま再録したが、全集刊行後に明らかになったことを補足し、表記や引用の体裁に一定の統一を図るなど、若干の変更を加えた。また、読みにくい語、読み誤りやすい語には、適宜現代仮名づかいで振り仮名を付した。

私の漱石——『漱石全集』月報精選

二〇一八年八月九日　第一刷発行

編　者　岩波書店編集部

発行者　岡本　厚

発行所　株式会社　岩波書店
〒101-8002　東京都千代田区一ツ橋二-五-五
電話案内　〇三-五二一〇-四〇〇〇
http://www.iwanami.co.jp/

印刷・精興社　カバー・半七印刷　製本・牧製本

ISBN 978-4-00-061237-1　Printed in Japan